若頭補佐 白岩光義　南へ

浜 田 文 人

幻冬舎文庫

若頭補佐　白岩光義　南へ

目次

第一章　九州へ　9
第二章　旅の途中　78
第三章　必然の先　153
第四章　縁の形　224

主な登場人物

白岩《しらいわ》　光義《みつよし》　（四八）　一成会《いっせいかい》若頭補佐　二代目花房《はなふさ》組組長

入江《いりえ》　好子《よしこ》　（四七）　花屋の経営者

門野《かどの》　甚六《じんろく》　（六七）　一成会　事務局長

和田《わだ》　信《まこと》　（五七）　二代目花房組　若頭

浅井《あさい》　俊一《しゅんいち》　（四三）　道後一家　若頭

永井《ながい》　理恵《りえ》　（三一）　バー・理恵　ママ

木村《きむら》　直人《なおと》　（五七）　優信《ゆうしん》調査事務所　所長

花房《はなふさ》　勝正《かつまさ》　（七四）　初代花房組　組長

花房《はなふさ》　愛子《あいこ》　（七六）　勝正の女房

第一章　九州へ

西の彼方に、朱墨を刷《は》いたような帯がある。

白岩光義《しらいわみつよし》は眼を細めた。

遠い過去の出来事が薄雲に隠れているような気がした。

「さあ、参りましょう」

あかるい声にふりむいた。

和田信《わだまこと》がネオン化粧の観覧車を背に立っている。

大阪南港の上空は紺色に変わりつつある。

「それは誰のや」

白岩は、和田のうしろに控える坂本隼人《さかもとはやと》の左手を指さした。

彼の右手にあるのは白岩のバッグだが、左手のそれは見覚えがない。

和田の顔が締まった。

「自分の荷物です」

「まだわかってへんのか」

　白岩は語気を強めた。

「今回はプライベートの旅や」

「ようわかってます。けど、行く先が……」

「うるさい」

　和田が飛び跳ねるように跪《ひざまず》く。

「どうか同行をお許しください」

　そう言って、地面に額《ひたい》をつけた。

「あかん。先方は堅気《かたぎ》のお人や。おまえを連れて行けば迷惑をかける」

「この顔はさらしません」

「そういう次元の話やない。帰れ」

　和田がぶるぶると顔をふった。

「このまま帰れば若衆に殺されます」

「立派に死なんかい」

「殺されてもかまいませんが、親分にもしものことがあれば死にきれません」

「立て。みっともない」

「お許しを願えますか」

和田が立ちあがり、すこし表情を弛《ゆる》めた。

白岩は正面に見据えた。

「おまえは先代の旅に同行したことがあるか」

「いえ」

「理由を聞いたか」

「はい。留守を預かるのがおまえの務めやと……けど、今回ばかりは……」

「極道の筋目に例外はない」

白岩は大阪市浪速《なにわ》区に本部を構える六代目一成会《いっせいかい》の若頭補佐であり、二千三百人を擁する二代目花房《はなふさ》組の組長でもある。

花房組の跡目を継ぐさい、それまでの兄弟分で、先代の側近として本部事務所を護《まも》ってきた和田を若頭に登用した。

若頭は組織の要で、政党に喩《たと》えれば幹事長とおなじ役割を担う。

極道社会の慣習では、万が一の事態に備えて、よほどの義理掛けでもないかぎり、組長と若頭が一緒に旅をすることはない。

「わいとの盃を割るか。それなら連れて行ったる」

「とんでもない」

和田が声をうわずらせ、また膝《ひざ》を折った。

今度は白岩の靴を両手でおさえた。

「後生のお願いです。おひとりで九州に行かないでください」

白岩は苦笑をもらした。

周囲の人たちが何事かと好奇と恐怖のまなざしをむけている。

お節介な人や勘違いした人が警察に通報しかねない光景だろう。

「わかった」

白岩は嘆息まじりに言った。

和田が顔をあげた。歯がこぼれおちそうだ。

「けど、おまえはあかん。と言うて若衆を呼ぶ時間はないさかい隼人を連れて行く」

「わかりました」

和田が即座に返し、首をひねった。

「親分のご指名や。命を賭けてお護りせえ」

「はい」

坂本が声をはずませ、後方の車に走った。

戻ってきたときは左手のバッグの色も形も違っていた。

白岩はあきれ返った。

笑みを隠しきれない和田をにらんだ。

「おまえもタヌキになったのう」

「おかげさまで」

「もしかして金子《かねこ》あたりの入れ知恵か」

「はい。金子の伯父貴と石井《いしい》の伯父貴に策を授かりました」

「あのどあほら」

若頭が命がけで組長を護るのは当然のことである。

それは、一成会直系若衆の金子克《まさる》や石井忠也《ちゅうや》にもあてはまる。

白岩は一成会次期会長の有力候補と目されている。反主流派の信望が厚く、とくに金子と石井は初代花房組の出身なので白岩待望の念が強くある。

だから、白岩が九州へ行くと知って、皆の胸中は穏やかではなかった。

花房組も一成会も九州に親子・兄弟の盃を交わした組織はなく、白岩個人も九州に渡世上の人脈はいない。

ましてや、福岡、佐賀、長崎の各県ではここ数年発砲事件が多発し、暴力団追放運動が盛んで、各県警本部は暴力団の壊滅にむけて心血を注いでいる。

白岩はきわめて危ない場所なのを百も承知し、和田や金子らの心配も胸に収めた上で、九州の地を踏むと決めたのだった。

——遊びに来い——

——極道者のわいが行けば迷惑やろ——

——迷惑なもんか。大歓迎だよ——

——うれしいことや。いつでも声をかけてくれ——

大学の同窓会の二次会で、福岡に住む同級生とそんなやりとりをした。

四月半ばのことで、酒のうえでの会話と思っていたのだが、ゴールデンウィーク明けの週に電話があり、都合のいい日を教えろと言われた。九州にいる同級生二人と話をして皆で酒盛りをやろうということになったとも。

そこまで誘われてことわるのは信義に反する。

和田が必死で翻意を促したけれど、それを撥《は》ねつけた。

——男が吐いた言葉をのめるかい——

——わいをうそつきの、臆病者にしたいんか——

ひたすら威《おど》し、和田を折れさせた。

こんな展開になるとは思わなかったが、和田や金子らが強情を張った場合を想定し、次善の策として隼人の同行を頭の片隅においていた。

午後七時五分に大阪南港コスモフェリーターミナルを出航したさんふらわあ・こすもすは大阪湾をぬけ、右手に神戸の夜景を眺めながら、瀬戸内海を西へ進んだ。

平日のせいか、乗客はすくなく、デッキにはちらほらと人影が見える程度である。

闇が深くなるにつれて水面は穏やかになり、月光を浴びる白波は真珠をちりばめたようにやさしく輝いた。

邪魔やな。

白岩はそう感じた。

満天の星と揺れ光る白波は鏡を合わせたかのようだ。

そのあいだに人工の灯《ひ》が横たわっている。

舞子と淡路島を結ぶ本州四国連絡橋の照明灯である。

新月の夜であればその灯に安らぎを覚えたかもしれないけれど、今夜は自然が生む光の美しさを汚している。

それでも白岩はデッキの先端に立ち、飽きることなく夜景に魅入《みい》った。

夕焼けに誘われて開いた記憶の蓋はそのままである。

小学六年の春の修学旅行は五泊六日で大分、福岡、佐賀、長崎をめぐった。

往路はいまとおなじ航路の船旅だった。

あの夜の、肌を撫でるように流れる汐風《しおかぜ》も、満天の星も白岩の心をふくらませた。

はしゃぎ疲れ、雑魚寝で熟睡した翌朝の、汽笛でめざめたあと、デッキに飛び出た瞬間の感動は忘れようがない。

朝陽にきらめく海面のむこう、陸地が白煙に包まれていた。

その風景をもう一度見たくて船旅を選んだ。

「うそっ」

甲高《かんだか》い声に記憶の映像がゆれた。

靴音がおおきくなり、白岩はうしろから抱きつかれた。

「やっぱり、白岩さんや」

「美鈴《みすず》か」

「きゃあ」

美鈴が嬌声を発した。

北新地のクラブ・Sで働く美鈴とは幾度か食事をしていた。

「声でわかったの」

「あたりまえや」

白岩は胸前で合わさる手をほどき、ふりむいた。

「クビになったんか」

「うちをクビにするお店なんて、あると思う」

美鈴が悪戯《いたずら》っぽい眼をした。

バブル経済が崩壊して以降の北新地は不況にあえぎ続けているが、老舗《しにせ》のクラブは持ちこたえるどころか健在な店が多く、美鈴はそんな店の看板ホステスである。

三十半ばになるか。白い肌はきめ細やかで、眼の周りの皺も美貌を損ねることはなく、かえって艶っぽさをだしている。

シルク地の、黄色のワンピースがあざやかだ。

美鈴が言葉をたした。

「うちは大分で生まれたの」

「広島の出やと言わんかったか」

「五歳からね。それまでは国東《くにさき》半島のお寺に育ったのよ」

「里帰りか」

「まあね」

美鈴が半身をひねった。

すこし離れたところに長身の女がいる。二十代半ばあたりか。

美鈴が彼女を手招いた。

「優希《ゆき》ちゃん。美容師なの。若いけど腕がよくて、優希ちゃんがいないと北新地で生きて行かれへん」

美鈴の笑顔とは対照的に、優希の顔は強張《こわば》っている。

むりもない。

白岩を初めて見れば、やんちゃな男でも身がすくむ。

右頰の古傷のせいだ。

耳朶《じだ》の脇から唇の端にかけて、幅一センチの深い溝が走っている。大学三回生の夏、大阪ミナミの繁華街で三人のチンピラにからまれている女を助けようとして乱闘になり、不覚にもジャックナイフで抉《えぐ》られた。

「こわい人やけど、こわくないよ」

美鈴のもの言いに、優希が頰を弛めた。

「麻生《あそう》優希です」

優希が頭をさげた。

モデルのような体型だが、顔はふっくらとして、育ちの良さを感じさせる。

「この子も九州なの」

美鈴が言った。

「どこや」

「福岡の八女《やめ》です」

「旨《うま》いお茶の採れるところか」

「はい」

「美人も採れるみたいやな」

優希がこまったような顔をした。

白岩は言葉に窮した。

堅気の娘が苦手なのだ。そもそも無縁である。話す機会さえ滅多にないのだから、どういう会話をすればいいのかもわからない。

美鈴が助け舟をだした。

「白岩さんはどこへ行くの」

「福岡や」

「わざわざ船で」

「おかげでおまえに遇《あ》えた」

「ほんまやね」

美鈴が片えくぼを作った。

「お仕事なの」

「遊びや。むこうに知り合いがおる」

「あっ」

「なんや」

「大学の同級生でしょう。あのとき、遊びに来いて誘われてたもん」

「よう覚えとるな」

「白岩さんのことは忘れへん」

「ひまなおなごや」

「ねえ」

美鈴の声が鼻からぬけた。

「福岡のどこなん」

「田舎や」

「博多で会《お》うて」

「はあ」

「法事で帰るんやけど、あさっては博多に行くよ」

「おまえも友だちがおるんか」

「大阪の友だちに用を頼まれたの」

「ええとこある」

「だから、遊んで」

「遊ばん。北新地のおなごとデートしたら中洲のおなごに失礼や」

「もう」

美鈴がわざとらしく頰をふくらませた。

優希が眼で笑った。

白岩はほっとした。


午前七時に下船し、別府観光港からＪＲ別府駅に移動した。

気分が沈んでいる。記憶の風景がぼやけたせいだ。

携帯電話のアラームをセットして朝に備えたのに、船上から眺める別府の湯煙は元気なく、うらさみしい気分になった。

「列車で行かれるのですか」

隼人が遠慮ぎみに訊いた。

「久大本線に乗る」

「レンタカーを借りられたほうが……」

「そうやな」

白岩はあっさり従った。

隼人は車での移動のほうが護衛しやすいと判断したのだろう。

だが、白岩はその意図を汲んだわけではなかった。

記憶の蓋を閉じたかった。

修学旅行は別府で一泊したあと、久大本線で久留米《くるめ》へむかい、佐賀に入った。

車中から見た九重連山の青い稜線はあざやかに覚えている。

その記憶も汚れてしまいそうな気がする。

乗り捨て契約でレンタカーを借りた。

「湯布院はわかるか」

「はい」

「わいは、そこで湯に浸《つ》かる。おまえはドライブでもしてろ」

「とんでもありません」

「親に逆らうんか」

「滅相も……けど、丸裸の親分をひとりにするわけにはいきません」

「破門されたいんか」

　車が路肩に停まった。

　隼人の顔がひきつっている。

　白岩は先に声をかけた。

「ひさしぶりやろ」

「えっ」

「せっかくや。親の顔を見てこい」

　隼人が眼を見開いた。口もまるくなった。

「日田やったな」

　白岩は、直参若衆と、本部事務所で寝起きする乾分《こぶん》らの出自と略歴は記憶している。

　義理の縁とはいえ、それが親の務めである。

　隼人が思いついたような顔をし、肩をすぼめてかしこまった。

「それで自分を供に……ありがとうございます」

「何年ぶりや」

「高校三年のときに家出して……七年になります」

「身内はご健在か」

「はい」

隼人がためらいなく応えた。

「事務所詰めになったとき、おふくろに連絡しました」

「また親を泣かせたんか」

隼人がぶるぶると顔をふった。

「最初の日に声をかけていただき……うまく言えませんが、なんや腰が据わったような気分になって……そしたら、おふくろの声を聞きたくなりました」

白岩はポケットの封筒を手にした。二十万円が入っている。

「半分は家に置いてこい。残りは経費や」

「ありがとうございます」

隼人が窮屈な姿勢で頭をさげた。

西鉄大牟田線の津古駅から筑紫《つくし》駅にかけて、緑の大地がある。ところどころ黄金色の田んぼも見える。田植えの時期かと思っていたので意外な風景だった。秋に迷い込んだような錯覚がおき、隼人に停車を命じた。道端に立つと、かすかなにおいがした。なんのにおいかはわからないけれど、神経が和むような懐かしさを覚えた。白岩は、畦道《あぜみち》に立つ老人に声をかけた。

「このへんは二期作ですか」

「二期作には違いなかばってん、これは麦たい。十二月に作づけして、この五月いっぱいで刈り取るとよ」

初めて聞く博多弁は情味が感じられた。

「冬は麦で、夏は稲……この土は働き者やね」

「半年も遊ばせとくのはもったいなか。わしらもひまは好かん」

白岩は顔をほころばせた。

静かな風景が心地よかった。老人の立ち姿も絵になっている。

白岩は大阪市此花《このはな》区の町工場が密集する地域に生まれ育った。

にぎやかな町だった。昼間は金属を削ったり叩いたりする音が絶えず、陽が暮れると住民らの関西弁がそこらに飛び交った。生家は薄板で隣家と隔てた長屋だったので人の声がしないのは深夜だけであった。

それが人の住む環境なのだと、あたりまえのように思っていた。

白岩は、遠ざかる老人のまるい背を見た。

ブレーキを踏む音に続いて、男の声がした。

ふりむいた先、運転席の窓に丸い笑顔がある。

「道に迷ったのか」

同級生の須藤健吾《すどうけんご》が車から出てきた。

白岩は麦畑を見ながら口をひらいた。

「ええ眺めや。汚れた心が洗われる」

「ここを初めて見た人は皆そう言う」

「そうやろな」

「けど、この風景を三日も見れば飽きて、都会が恋しくなる」

「おまえはどうや」

「退屈に思うときもあるが、俺の田舎だ。離れようとは思わん」

須藤は福岡県筑紫野市の農家に生まれた。大阪大学経済学部を卒業したあと実家に戻り、去年の三月まで福岡県庁に勤めていたという。

白岩とは大学の一、二回生のクラスがおなじで、四回生のゼミも一緒だった。とくに親しかったわけではないが、学内で顔を合わせるとビリヤードや麻雀をして遊んだ。真面目な部類に入る学生で、大阪の繁華街で酒と女と喧嘩に明け暮れていた白岩とはかなりの距離があったけれど、九州男児の気質なのか、竹を割ったような一面があって、その部分でつながっていたように思う。

しかし、それは三回生の夏までのことである。白岩の頬の傷を見た級友らは距離を空けだした。とても不快で、怒りを覚えたけれど、我慢した。それ以降は意地だけで大学に通っていたようなものだった。

卒業後は同級生と会うどころか、連絡をとることすらなかった。

だから、須藤から電話があったときはおどろき、当惑した。

――親分、福岡の須藤さんからお電話です――

乾分の声に耳を疑った。福岡に縁故はなく、名前も心あたりがなかった。

《白岩か》

受話器から野太い声がこぼれた。

「あんたは」

《阪大でおなじクラスやった須藤だよ。須藤健吾……覚えてないのか》

「おおっ、元気印の須藤か」

《そうよ》

はずみかけた気分を疑念が抑えた。

「どうしてこの電話がわかった」

《白岩光義はネットにもでてる有名人だ》

「はあ」

言葉にならぬ声がもれた。

そんな話は初めて聞いた。

白岩はめったにパソコンを使わない。ブログやツイッターを検索したことはないし、周囲の者も白岩の機械音痴を知っているのでその類《たぐい》の話をしない。

《クラス会の案内状は届いたか》

「きのう見た」

《参加するよな》

「迷うてる。なにしろ初めての案内状や」
《勘違いするな。おまえのことはクラスの皆が気にしてた。あんなことがあって……こわがる者もおったけど、心配する者のほうが多かった》
「………」
《三年とか五年おきにクラス会をやってたけど、おまえの名がでんことはなかった。連絡先を調べる者もおった。今回は俺が幹事になって、なんとしてもおまえを呼ぼうと思って……まあ、わりと簡単に連絡先がわかった》

「おおきに。誘われてうれしかったわ」

白岩は真顔で言った。

須藤が顔の前で手のひらをふった。

「礼を言うのは俺のほうだ。ほんとうに九州まで来てくれるとは思わなかった」

「本音は迷惑か」

「なにを言う。楽しみにしてた。松川《まつかわ》も大塚《おおつか》もおなじだ」

「あんまり覚えてないんや。あのころは就職をあきらめて、ゼミもさぼってた」

「顔を見れば思いだすさ」

白岩は腕時計を見た。

午後四時をすぎたところだ。

きのうは久留米の老舗旅館に泊まった。

夕食のあと街にでかけようとしたのだが、隼人の青白い顔を見て思い留《とど》まり、近くを流れる筑後川の土手を散策して早めに寝た。

ゴムの街として栄え、久留米絣《がすり》でも、人気歌手が何人もでたことでも知られる久留米市だが、近年は物騒な事件でマスコミに露出することが多くなった。暴力団の共栄会《きょうえいかい》は九州きっての武闘派として、関西の同業者にも知れ渡っている。

そういうことに頓着はしないが、隼人をこまらせてまで遊ぼうとは思わない。

敵の襲撃であれ、病魔や不意の事故であれ、命を獲《と》られたときが寿命なのだ。

その覚悟を曲げるつもりはないけれど、身内にむりをさせることでもない。

きょうは昼前に旅館を発《た》って美術館を見学したあと西へむかい、約束の地を素通りして太宰府天満宮を詣《もう》でた。修学旅行の思い出の地のひとつで、祈願・阪大合格と書いた短冊を梅の小枝に結んだことを覚えていた。

「二人はもう来てるんか」

「六時に来る。松川は有休をとったが、大塚は四時まで会社を空けられないそうだ」

「二人とも勤め人か」

「佐賀の大塚は、父親の跡を継いで去年から建設会社の社長になった。松川は熊本県庁の部長さんだ」

白岩は顔をしかめた。

またぞろ迷惑の二文字が頭にちらつきだした。

「気を遣うな。ここは九州……それもこのとおりの田舎だ」

須藤が笑顔を見せた。

「すこし散歩してもええか」

「ああ。五時ごろには来いよ」

須藤が車に乗りかけて、隼人が乗る車を指さした。

「身内の人か」

「そうやが、迷惑はかけん。近くに宿をとってある」

「食事くらい……いや、無理強《じ》いはやめるが、おまえは泊まれよ」

「そうさせてもらう」

「俺の家はわかってるか」

「さっき、前を通った」

須藤が去ると、白岩は畦道に入った。

隼人がついてきた。

麦の穂が西陽に輝きながらゆれている。

稲穂と違って、とがっているように感じた。

「あっ」

隼人が声を発した。

白岩は足を止めた。

「すみません」

隼人が恥ずかしそうに言った。

「めだかを見つけて……」

「ほう」

白岩は水嵩《みずかさ》の低い農水路に眼を凝らした。

二センチほどの魚がちらほらいる。

川から水を引いているのか、近くに溜池《ためいけ》があるのか。

月が替われば農水路は水嵩が増し、耕した田には水が張られるのだろう。

隼人が腰をかがめた。

「初めて見ました」

両膝に腕をのせ、背をまるめて覗《のぞ》き込む様は子どものように見える。

「おまえの家は農家やないのか」

「農家ですが、土が肥えてなくて、米は作っていません。果樹園とハウス栽培で、これから枇杷《びわ》の収穫が始まります」

「日田の枇杷か。あれは旨い」

「収穫したら親分に送るそうです」

「喋ったんか」

「隠すことはありません」

「それはそうやが、いらぬ心配をかけることもない」

「親分のお供で九州に来たと話したら、おふくろはうれしそうな顔をしました」

「ふーん」

白岩はそっけなく返した。

世間を嫌い、嫌われて、ろくに勉強もせず、堪《こら》え性もなく、裏社会に逃避した若者は多いけれど、そんな連中にも生んでくれた親はいる。人の子である。

身内の話を聞きたくないのは己の負荷が増すからだ。世間のクズでも、義理とはいえ親の務めがある。身内の親を泣かすまいとの思いは絶えずある。

「自分はどうすればいいのですか」

「ん」

「さっきの方の家に行かれるのでしょう」

「わいを送ったらフリータイムや」

「めだたぬようにしますから近くにいさせてください」

「好きにせえ」

「ありがとうございます」

隼人の瞳に西陽が映えた。


石垣に囲まれた敷地はゆうに五百坪はありそうだ。

新築らしく、玄関に入ると木のにおいが漂っていた。

「ようこそいらっしゃいました」

あらわれた女の声はあかるかったが、笑顔はぎこちなかった。

通路の奥から顔を覗かせた娘は、眼が合う前に引っ込んだ。

そんなことには慣れているけれど、窮屈な一夜になりそうで気分が重くなった。

庭に臨む居間に案内された。

「一服したら風呂を浴びてこいよ」

須藤は縁側の籐椅子に寛《くつろ》いでいた。

白岩は正面に座り、庭を眺めた。

手入れの行き届いた庭のあちこちに花が咲いている。

築山を囲むようにして、ツツジの花が群れている。

あと半月も経《た》てば、右手の棚には藤の花があでやかに垂れるだろう。左の池のむこうのアジサイも雨に濡れて咲き誇るだろう。

「立派なもんや」

「二年前に遺産を引き継いで土地の半分を国に納めたが、おやじが自慢にしていたこの庭は壊さずに済んだ」

「資産持ちも大変やのう」

「資産と言うても高が知れてる。農地は安値で売るか、跡を継ぐしかない」

「それにしても県庁の幹部職員からの転職とは……」

「ひとり息子の宿命だよ。弟や妹がいれば譲ったかもしれん」

「全国の農家の息子どもに聞かせてやりたい」

「いやいや。農家を継ぎたくない気持ちはよくわかる。猫の額のような農地でどんなに優れた作物を作っても、量と値でアメリカや中国に太刀打ちできん。そのうえ、政府はＴＰＰに参加しようとしているのだから、日本の農業の未来は暗い」

「生き残りを賭けて会社を設立したんか」

「先祖代々の土地を俺の代で捨てたくなかった。筑紫平野は九州一の穀倉地帯だがブランド品種に恵まれなくて……農業従事者の高齢化も進んでいるので、それに歯止めをかけ、近代化を図るために会社をつくった。効率性と作物の質を高めてどこまでやれるかわからんが、座して死を待つよりはましだろう」

須藤の眼が熱を帯びた。

ひたむきに何かをやる者の眼はおなじである。生きる舞台は違っても、信念の背景や行為の手段は異なっても、白岩はそんな眼を見ると安堵《あんど》する。

――極道者も人や。クズと言われようと、ゴミ扱いされようと、胆を据え、覚悟をもって稼業に励め。極道者が人であり続けられる唯一の道や――

大学を卒業する直前に親子盃を受けたときの、先代の花房勝正《かつまさ》の言葉である。

「お風呂の準備ができました」

襖が開き、女が声をかけた。

白岩は小声で訊《き》いた。

「嫁さんの名は」

「美幸《みゆき》。ひとり娘は紫《むらさき》だ」

「筑紫からとったんか」

「おやじがアジサイを好きで」

「おしゃれな名や」

白岩は腰をあげた。

檜《ひのき》造りの湯船は鼻唄がでそうなほど気持ちよかった。

開け放しの窓から見る空はまだ青く、旅をしている実感が湧いた。

田んぼで感じたにおいが浴室にも迷い込んでいる。

火照《ほて》る身体をやさしく撫でる風に運ばれて、人の声が届いた。

――なんとかならんとね――

硬い声だった。

――限界たい……いやがらせが続けば……そのうちテッポウが……――

男の声は途切れ途切れに聞こえる。

白岩は湯音を立てずに耳を澄ませた。

——今度にせんね。きょうはお客さんが来とると——

須藤の博多弁はいらだっているように聞こえた。

——ばってん……——

会話が途絶えた。

須藤が白岩を気にして、声をひそめるように言ったか、それとも男を追い払ったか。

白岩は湯船をでて戸を開き、脱衣所の籠《かご》から携帯電話を手にした。

浴室の窓を閉めた。

「どこにおる」

《須藤さんの近くにある空き地です》

「門は見えるか」

《はい》

「男が入ったやろ」

《男かどうかわかりませんが、五分ほど前に車が入りました》

「その車は出てきたか」

《いえ》

「あとを尾《つ》けろ」
《尾けるだけですか》
「そうや。自宅の住所と名前を確認せえ」
《わかりしだい連絡します》
「いらん。話はあした聞く。それと、このことは大阪に報告するな」
《……》
「わかったんか」
《はい》
白岩は湯船に戻り、肩まで浸かった。
毛穴が開く感覚はあっても、鼻唄はでそうになかった。

えらい老けてるな。

白岩は、己のことを忘れて、そんなふうに思った。

熊本の松川はポロシャツに隠れる腹をゆらしていた。すべてがまるい。満月のような顔は脂ぎって見え、頭髪は申し訳程度しかない。

その姿からも声からも学生時代の松川を思いだせなかった。

大塚も同様だった。品質のよさそうな濃紺のスーツを着ているけれど、着こなしに隙が感じられ、それが見た眼の歳《とし》をあげていた。

地方に住んでいるせいでないのはあきらかだ。須藤は働き盛りの中年を絵に描いたように溌剌《はつらつ》とし、肌に衰えはないし、声には力がある。

居間で座卓を囲んだ。

白岩は、須藤が勧める上座を固辞し、下座の庭に近い座椅子に胡坐《あぐら》をかいた。となりに松川、正面に須藤、須藤のとなりに大塚が座った。

すでに座卓はにぎやかで、大皿には魚貝の刺身が盛られ、湯気の立つ筑前煮のほか、饅和《ぬたあ》えや酢の物など、酒の肴になりそうな料理がならんでいる。

ビールで乾杯したあと、須藤が大塚に話しかけた。

「たいした貫禄だろう」

「ああ。けど、それほどでもなくてほっとした」

「なんだ。こわかったのか」

「正直に言うと、おっかなびっくりだった。学生時代の白岩は、なんて言うか、近寄りがたい雰囲気があった」

「俺もだ」

松川が口をはさんだ。

「須藤に浪花の大親分と聞いたからな」

「失礼なやつらだ。なあ、白岩」

「そんなことはない。普通の人の普通の感覚や」

白岩は笑みをうかべて言った。

皆がビールを酒と焼酎に変え、料理をつまむ。

筑前煮も饅和えも濃い目の味付けだが食材の旨みは活きている。

烏賊《いか》と葱《ねぎ》の饅和えは舌がよろこんだ。

「旨いな」

「この烏賊は大塚が佐賀の唐津港から送ってくれた。葱やがめ煮の野菜はうちのだ。鶏も近所の農家でけさ絞めてもらった」

「おまえのところは米と麦やないんか」

「俺の家は稲作一本だったが、筑紫ファームには野菜や果物を生産する人もいる」

「経営は順調か」

「まあな。いまになって大学の授業が役に立った。家業を継ぐ運命にあるとはいえ、農業はやったことがなかったから、近所の人たちの理解と協力がなければどうなっていたか……一年かけて会社経営の勉強をしたよ」

「大変なのはこれからだ」

先輩社長の大塚が物知り顔で言うと、松川が口をひらいた。

「気楽なのは俺だけか」

「白岩はどうなんだ」

大塚が話をふった。

「なるようにしかならん。そういう稼業や」

「しかし、おどろいた。いろんな事情があったのだろうが、おまえがやくざになったとうわさに聞いたときは信じられなかった」

「俺も」

松川が相槌《あいづち》を打ち、首をかしげて言葉をたした。

「傷のせいか」

「忘れた」

「そんな話は失礼だぜ」

須藤が松川をたしなめた。

「かまわんさ」

白岩はやさしく言った。

話題の主になるのはわかっていた。頬の傷のことを訊かれるとも思っていた。夜が更けるにつれ酒が進めば、極道社会のあれこれも肴になるだろう。

それを承知のうえで来たのだ。

「九州は初めてか」

大塚が訊いた。

「小学校の修学旅行で来た」

「稼業では」

「わいも組織も縁がない」

「そうか」

大塚の声が沈んだ。

「知りたいことでもあるんか」

白岩は気兼ねを捨てた。よそ行きの、我慢の酒は気質に合わない。

「マスコミで知ってると思うが、ここ数年、建設会社が狙われてる」

「長年の腐れ縁が尾を引いてるんやろ」

「おいおい」

大塚の声がとがった。

「うちは俺で三代目だが、地元やくざとのつながりはいっさいない。けど、同業とのつき合いがあるので、とばっちりを食うおそれはある。業界の会合には暴力団対策課の刑事さんがうろつくので気が気でないよ」

また松川が口をはさんだ。

「腐れ縁て、どんな」

「その昔、極道者のしのぎといえば、賭博と口入稼業やった。港湾や土木の現場では極道者の手配で人足を集めていた」

「昭和の高度成長期までの話だろう」

「工事にトラブルは付き物や。総会屋がのさばってたのとおなじやな」

「おまえも……」

松川が言いかけて、口をつぐんだ。

「なんでもやる」

白岩は吐き捨てるように言い、盃をあおった。

堅気の人を前に蘊蓄《うんちく》を垂れる気はない。

極道者の行為を正当化するつもりはさらにない。

鶏の鳴き声でめざめ、枕元の携帯電話に手を伸ばした。

午前六時になるところだ。

白岩に早起きの習慣はなく、深酒の身体はぐずったけれど、布団をでた。

居間を抜け、縁側から庭に降りた。

都心の住宅街の児童公園が二つ三つ入りそうなひろさだ。

奥に藤棚を見つけ、その下に置かれた樽のひとつに腰をかけた。

煙草をくわえ、視線を巡らせる。

ツツジのほかにも、あちらこちらに小花がある。

白岩はジャージのファスナーを降ろした。

気温はすでに二十度は超えているだろう。空は真っ青で、東方には恥ずかしくなるくらい太陽が輝いている。

乾いたそよ風が快かった。

塀のむこうで車が止まる音がして、ほどなく須藤があらわれた。

「早起きだな」

「鶏に起こされた」

須藤が別の樽に座った。

白岩は言葉をたした。

「でかけてたんか」

「松川を駅まで送った。きょうは仕事があるそうだ」

「車やなかったんか」

「あいつは方向音痴だからな」

「熊本まで遠いやろ」

「そうでもない。鹿児島本線の二日市駅から久留米で新幹線に乗り換えれば、新聞を読んでいるうちに着く。便利になったもんだ」

「大塚も帰ったか」

「まだ寝てるんじゃないか。嫁には朝飯ができたら起こすよう言ってある」

「わいも朝飯を馳走《ちそう》になったら失礼する」

「そんなに急がなくても……」

「おまえも仕事があるやろ。むさくるしい男がおったら家の人に迷惑や」

「そんなことはない。それに……」

須藤が声を切った。

白岩はにわかにめばえたためらいを無視した。

「面倒をかかえてるんか」

須藤がさぐるような、思案するような眼を見せた。

白岩は間を空けなかった。

お節介の虫というより、返礼の思いがある。

「きのう、風呂場にいるとき話し声が聞こえた」

須藤が眉をひそめた。

「テッポウとは物騒や」

「おびえてるんだ」

「威されてるんか」

「そういうわけではないのだが……」

須藤が思案げな表情をし、ややあって、白岩を見つめた。

「話を聞いてくれるか」

「ああ」

「去年の秋に設立した筑紫ファームにはこのへん一帯の農家が参加したのだが、中村《なかむら》さんという役員の身内にやくざ者がいるのがわかって……と言っても、暴力団ではなく、つながりがある程度なのだが」

「そいつがどんないちゃもんをつけとるんや」

「義理の父親の代理として役員に就きたいと……中村さんも役員会で、自分は経営のノウハウがないので娘婿にまかせたいと言ってる」

「その人の身内に暴力団関係者がいると事前にわからなかったのか」

「ずっと前にうわさはあったのだが……面倒がおきてから専門家に調査を依頼した。娘婿が役員を務める不動産会社が警察のブラックリストに載っているらしく、彼も暴力団幹部とつき合いがあることもわかった」

「そのことを父親は知ってるんか」

「そう思う。けど、れっきとした堅気だと言い張って……」

「警察に相談したか」

須藤が力なく首をふった。

「話し合いの段階で、被害を被ったわけではない。役員のなかには警察に事情を話そうと言う人もいるが、報復を恐れて穏便に解決したいと願う人もいる」

「話し合いで解決がつかんのなら、役員会で解任動議をだす手もある」

「それが面倒なんだ。中村さんの土地は筑紫ファームの真ん中にあって、しかもひと塊ではなくて……彼が会社を離れたら、仕事がやりづらくなるばかりか、ファームを設立したときの構想そのものが崩れてしまう」

「買う手も……」

白岩はあとの言葉をのんだ。

それこそ相手の思う壺にはまる。

話を聞くかぎり、娘婿が会社経営に参画するメリットはおおきくないように思う。暴力団関係者が会社の利益に手をだせば、それこそ警察が動きだす。

「なにかいい方法はないだろうか」

須藤が首を傾け、懇願するような眼をした。

それが言いたくて俺に声をかけたんか。

そのひと言は胸に留めた。

旧友の誘いによろこび、無防備に九州へ来たわけではなかった。

招かれるのも頼られるのもおなじだと、一応の腹は括《くく》っている。

「どうしてほしいんや」

「そ、そんなことは……」

須藤が手のひらをふった。

「勘違いしないでくれ。この話は、おまえが風呂で……」

「わかっとる」

白岩は乱暴にさえぎった。

「相談に乗るにしても、わいにやれることはかぎりがある。福岡どころか、九州の同業に縁がない。縁があったとしても、わいが動けば警察が黙ってへん。マスコミもかぎつけて騒動になる。そうなれば、会社としてもこまるやろ」

須藤が肩をおとした。

同時に、女の声が届いた。

「あなた、朝食の用意ができたとよ」

白岩は立ちあがって、須藤の肩をぽんと叩いた。

「面倒がふくらむようなら連絡しろ」

「いいのか」

「きのうの酒は吐きだせん」

白岩はさらりと返した。

車に乗った。行く先は福岡市内だ。

須藤に、もう一泊してはどうかと勧められたが固辞した。

騒動の話が煩わしかったのではなく、自分が逗留することで須藤の家族に迷惑がおよぶのを避けたかった。

北新地の美鈴から電話がかかってきたこともある。

他人の誘いはことわらない。今回の九州行きも福岡でなければ二つ返事で快諾していた。ましてや、おんなの誘いに乗らぬわけがない。

たとえどんな思惑があろうと受ける。

世間から疎んじられる極道者に声をかけてくれる人がいるだけでもありがたい。

それが白岩の礼儀であり、人への作法である。

車が走りだしてすぐ、隼人が口をひらいた。

「きのうの男ですが、須藤さんの家から五分ほどのところに住んでる吉永勇《よしながいさむ》さんです」

「ご苦労」

「吉永さんがなにか……」

「おまえは知らんでええ」

「それではお供が務まりません」

「うるさい」

言いながら、ふるえる携帯電話を耳にあてた。
朝食のあとにかけた電話でつながらなかった相手である。
「白岩や」
《打ち合わせをしていて申し訳ありませんでした》
うれしそうな声音だった。
優信《ゆうしん》調査事務所の木村直人《きむらなおと》の顔がうかんだ。
「この不景気に結構なことや」
《はい。白岩さんもお元気そうで、なによりです》
「そんなにあかるい声をしとるんか」
《わたしにご用とは……酔狂のお手伝いとしか考えられません》
「ひまつぶしや」
《依頼の内容をお伺いします》
「福岡の筑紫野市に筑紫ファームという会社がある。その実態と関係者の身辺を調べてくれ。社長の須藤と役員の中村、吉永勇という男は念入りに頼む」
《わかりました。調査報告書はいかが手配しましょう》
「どれくらいかかる」

《四、五日いただければ》

「おわりしだい連絡くれ。そのときに送り先を言う」

電話を切るや、隼人が話しかけた。

「やはりなにかあったのですね」

「相談されただけや」

「その中身を教えてください。面倒がおきて知らなかったでは若頭に叱られます」

「それもおまえの務めや。ええか、いまのことも黙ってろ」

「わかりました」

「ところで、おなごはおるんか」

「あっ、いいえ」

「ふられた顔やな」

「そう見えますか」

「しゃあないのう。部屋住みの身では自由がきかん。わいも事務所に寝泊まりしてたころはおなごに不自由した」

隼人が口元を弛めた。

「どうや、中洲で遊ぶか。博多のおなごは情が濃いそうな」

「と、とんでもありません」

「わいは野暮用があるさかい、連絡するまで好きにしとれ」

「滅相もない」

「おまえは邪魔やねん」

「なんと言われても……そんなことをすれば若頭に叱られ……いえ、殺されます」

「おまえがおっても死ぬときは死ぬ」

「命を賭けてお護りします」

「せんでええ」

白岩は眼をつむった。

ずっと胸騒ぎがしている。それを鎮めようと隼人と話をしたのだが、胸にひろがる疑念の靄《もや》は晴れなかった。

たしかに須藤には丁寧にもてなされた。

しかし、松川や大塚と同様に、腹の底から笑うことは一度もなかった。

昨夜は松川も大塚も須藤の家に泊まり、けさは大塚と一緒に去ったので、朝食のあと須藤と二人きりにはならなかった。

去り際に、もう一泊してはどうかと誘われたときの、須藤の表情が気になった。前日の入浴中に聞いた会話を引き摺《ず》っているのはあきらかだった。

この先、続きがあるような気もしている。

そういう予感はいやになるほど現実のものになる。

堅気が極道者を頼るのはどういう場面か、考えるまでもない。

だから、東京の木村に依頼したのだった。

東京には竹馬の友の鶴谷康《つるたにこう》がいる。

鶴谷は企業間のトラブルの処理を稼業にしている。経済の裏舞台で暗躍する連中を示談屋とか交渉人と称し、関西では捌《さば》き屋ともいわれる。

彼が情報収集の分野で信頼しているのが木村所長である。木村はかつて警視庁公安部に所属していた。そのせいか、優信調査事務所には警視庁の各部署にいた元警察官や、経済・金融のプロフェショナルが多く在籍しているという。

白岩が木村に対面したのは二年前で、ひょんなことから東京で面倒事にかかわり、鶴谷には内緒で木村に調査を依頼した。

博多駅前のシティホテルにチェックインした。

美鈴もおなじホテルを予約したという。

約束の午後六時まで二時間ほどある。
シャワーを浴び、ベッドに寝転んだところで携帯電話が鳴った。
本部事務所からの電話なので、相手は和田と見当がついた。
「お昼寝中や」
《申し訳ありません》
和田の声は落ち着き払っている。隼人が逐一報告しているのだろう。
「なんぞ用か」
《いつお帰りになられますか》
「成り行きまかせや」
《博多にお泊まりだそうですが、長居はなさらないでください》
「うるさい」
《そうおっしゃらずに……物騒な街です。地元のやくざ者が親分を見れば神経をとがらせます。福岡県警も何事かと色めき立つかもしれません》
声音が変わった。
《兄弟、石井や。ええかげんで酔狂もお節介もやめろ。和田は眠れんと言うし、金子は用事をキャンセルして、いつでも駆けつける態勢をとってる》

「オーバーな」

《あかん。そっちは警察とやくざが面子《メンツ》を賭けて勝負してるんや。なんぼ旅の途中やいうたかて、兄貴をほっとくわけがない》

白岩は応えずに、口をへし曲げた。

石井も金子も和田も、先代の下では白岩の兄弟分だった。白岩が花房組の二代目になったさい、石井と金子は一成会の直系若衆に盃を直したので兄弟縁は続いており、しかも、白岩が本家の跡目を継ぐのが二人の願望である。

花房勝正と縁が深かった組長連中も白岩を待望している。

五年前の一成会六代目の座をめぐっての争いでは本命視されていた花房が格下の若頭補佐に敗れたのは花房の健康状態が不安視されたせいともいわれている。

なんとしても七代目の座は地元の白岩に獲らせる。

それが反主流派の連中の合言葉で、中部地区に本拠を構える六代目と、彼の側近である一成会若頭に反発している。

彼らの気持ちは痛いほどわかる。

白岩もてっぺんを獲るつもりでいる。

けれども、策を弄そうとは思わないし、己の行く道を変えるつもりもない。

ありのままに正面きって獲るか獲られるかの勝負をするまでのことだ。

胆を据えての結末は運命にまかせる。

白岩の信念はゆるがない。

《聞いてるのか、兄弟》

「ああ」

《あしたには帰ってこい》

「ああ」

《ほんまやな。帰ってこんかったら俺か金子がそっちに行く》

「それこそ騒動の種や」

白岩は電話を切り、仰向けになった。

「邪魔やな」

無意識に声がでた。

船上から見た夜景がよみがえった。

合わせ鏡のような風景の中央を光の帯が走っていた。

どれも美しい光の造形だった。

けれども、橋の光は形を変えずにそこにある。

満天の星と輝く波頭はまばたきする間にも微妙に位置を変える。

わいはどうや。

胸のうちでつぶやいた。

俺は極道者になれたのだろうか。

ふいに、花房との会話を思いだした。

——ええかげんで極道者になりきらんかい。できなんだら引退せえ——

一成会事務局長の門野《かどの》甚六《じんろく》と悶着になりかけたさい、花房のかつての兄弟分が門野に与したことで闘病中の花房に心痛をかけた。

白岩が花房と兄弟分の絆を気遣ったときの、花房の叱咤《しった》のひと言である。

そのあとのやりとりも覚えている。

——自分は迷うてばかりです。いくつになっても覚悟がたりません——

——それがあたりまえや。覚悟がぐらつくのは生きてる証《あかし》や。いろんな覚悟をくり返して、ようやく胆の据わった覚悟にたどりつくねん——

——人は覚悟を道連れに生きてるということですか——

——そうよ。このわしも、この歳になって……棺桶に片足を突っ込んでる身で、まだ覚悟をしきれん。たかが東京へ行くのに、めそめそ悩んでた——

病院での会話の数日後、花房は抗がん治療のため東京に居を移した。

女房の愛子《あいこ》と、白岩とは浅からぬ縁の入江好子《いりえよしこ》との東京暮らしは二年が経《た》った。

昨年の東日本大震災と原発事故の直後は夫婦で葛藤の日々が続き、年明けにも大阪に帰ってきそうな雰囲気があったのだが、いまも東京に踏ん張っている。

七十四歳になる花房には、様子伺いで上京するたび何かを教えられる。

――事がおこるたびにうろたえるのは日頃の気構えができてないからや。朝起きたら、まずその日の覚悟をせえ。それが男というもんや――

花房の言葉は胸に刻んでいる。

そういう覚悟で生きてもいる。

しかし、日々の覚悟をしても、胆がぐらつくことはある。周囲が煩わしくなることも、己の性根に辟易《へきえき》することもある。


北新地の美鈴はオフホワイトのパンツスーツ姿であらわれた。深紅のタンクトップの谷間にダイヤモンドが光り、髪もメイクも丁寧に整えていた。

「きょうはえらい派手やのう」

「白岩さんに恥をかかせるわけにはいかないもん」

「ええ心がけや」

「派手すぎるかなと思ったけど、大丈夫みたいね」

「はあ」

「だって、白岩さんのほうが……」

美鈴が眼を細め、手のひらを口にあてた。

白岩は白のポロシャツにピンクのサマーセーター、白のコットンパンツを着ていた。

白岩の基調は白と赤、稼業以外ではカジュアルな服を好む。

「おまえに合わせたんや」

「そうでしょう」

美鈴が声をはずませ、自慢そうな眼つきをした。

「白岩さんの身なりを想像したの」

「法事にそんな衣装を持ち帰ったんか」

「さっき買ったの。でも、服はいっぱい持ってきたよ」

「このまま旅をするんか」

美鈴が首をふった。

「おとうさんの体調がよくなくて」

「それほどたいしたことはないけど、しばらくそばにいようと思ってる」

「心配やのう」

「ええ心がけや」

美鈴が眼を細めてコーヒーを飲んだ。

ホテルの喫茶室にいる。

空席がないほどにぎやかで、男の客のほとんどはスーツを着ている。

福島の原発事故の影響を懸念して大企業の多くが管理部署の一部や生産拠点を西日本の各地に移動し、そのおかげで関西以西の都市にわずかながらも活気が戻ったと聞いてはいたけれど、それを実感するような光景である。

「ねえ」

美鈴の声に視線を戻した。

「水炊きを食べに行こう」

「旨い店、知ってるんか」

「北新地のお店に博多出身のお姉さんがいるの」

「楓《かえで》か」

美鈴が眼をまるくした。

「よく覚えてるね」

「おなごのことは忘れん」

「うちも大勢のひとりなの」

「おまえは頭やのうて、ここにおる」

白岩は左手の人差し指で胸をさした。

そうしながら、喫茶室の入口近くの席にいる男たちを見た。

先刻から視線を感じている。

三人がいて、壁を背にする中年男の眼が気になる。

「でるか」

白岩は伝票を手に立ちあがった。

美鈴があわててバッグを手にした。

会計を済ませてふりむくと、そばに男が立っていた。

白岩を見ていた男である。

「一成会の白岩さんですね」

小声だが力があった。

白岩は、美鈴に待つように言い、足を動かした。

男が黙ってついてくる。

ロビーの端のめだたぬ場所で正対した。

「あんたは誰や」

「松山の浅井《あさい》です」

「お初やな」

「はい。ですが、二年前のお披露目のさいに拝顔しております」

「拝む顔か」

浅井が口元を弛めた。

おそらく白岩が花房組の二代目を継いだ披露目の宴だろう。そのときは一成会と縁のある百三十余名が参加し、その同行者も多数いた。

「どこの者や」

白岩は静かに訊いた。

見るかぎり不快になる男ではない。みずから肩書きを言わず、名刺をださないことも白岩の神経をおだやかにした。

「道後《どうご》一家の頭をまかされております」

「わかった。機会があれば飯でも食おう」

「ありがとうございます」

浅井が軽く会釈する。

その顔の前に手をだした。

浅井が無言で名刺をのせた。

四代目道後一家　若頭　浅井俊一《しゅんいち》、とある。

道後一家の清水《しみず》組長は一成会五代目と兄弟盃を交わしていた縁を引き継ぎ、六代目一成会でも舎弟として組織に残った。

浅井は白岩より歳下に見える。それで百数十名の若衆を束ねているのだから、それなりの侠気を備えているということだ。

白岩は、美鈴を手招きし、玄関にむかった。

歩きながら、眼の端で隼人を捉えた。心配そうな顔をしている。

タクシー乗場に近づいたところで、行く手を阻まれた。

二人の男が壁になる。

ポロシャツにジャンパーと、よれたスーツを着ている。どちらも体軀《たいく》がよく、スポーツ刈りの下の眼つきは痛いほど鋭い。

瞬時にマル暴の刑事と悟った。

白岩はスーツを着た五十年配の男を見据えた。

「なんの用や」

「職務質問たい」

博多弁まるだしで、挑発するような口調だった。

もうひとりの、三十半ばとおぼしき男が顔を突きだした。

「名前と仕事は」

「白岩光義や。極道を稼業にしとる」

「なんだ、その口の利き方は」

「相手に合わせるのが俺の流儀や」

「なにっ」

若い男が眉をつりあげた。

中年男がちいさくうなずき、口をひらいた。

「一成会の若頭補佐が博多になんの用ね」

「見たらわかるやろ。遊びに来た」

「こっちの暴力団と縁があるとね」

「なか」

白岩は博多弁で応じた。

中年男が眼で笑った。

「さっき立ち話をしてた男は知り合いね」

「ほう」

「なんね」

「あの男を見張ってたんか」

「言えんばい」

「ほな、行くわ」

「まだ用は済んどらん」

「わいは礼儀知らずのやつとは話さん」

中年男が警察手帳を手にした。

「県警暴力団対策課の北川功一《きたがわこういち》たい。相棒は立石《たていし》……これでよかと」

「さっさと済ませろ」

「道後一家の浅井とはどんな縁ね」

「偶然に会うた。話したのは初めてや」

「博多ではやつと遊ばんほうがよか」

「あんたの指図は受けん」

「そうはいかんと」

「わけを言え」

「浅井と一緒におったんは西勇会の連中たい」

「それがどうした」

「本気で言うとると」

「ああ」

西勇会は福岡市内に本部を置く組織で、かつては本家だった共栄会と抗争の只中にあり、福岡県警が両組織の壊滅作戦を展開している。

「うわさどおりの男みたいやけど、ここで勝手な真似はさせんと。忠告を聞かんのなら本部に連れて行くことになるばい」

「あかん」

白岩はニッと笑った。

「むさくるしい男は苦手やねん」

「言うことを聞くか」

「ああ。おなごの泣く顔は見とうない」

白岩は、北川の脇をぬけ、美鈴の手を引いた。

那珂《なか》川に映えるネオンは元気そうで、中洲にむかう足は軽くなった。

美鈴は西中洲にある郷土料理店をでたところでタクシーに乗せた。夜の中洲で遊びたい様子だったけれど、白岩が誘わなかったこともあり、むりは言わなかった。

中洲で北新地と遊んだのでは興が乗らない。中洲の女たちに失礼でもある。

北新地で長く働く美鈴はそのへんのことがわかっているだろう。

中洲は那珂川と博多川にはさまれた中州にある。

中洲中央通のネオンは眼が痛くなるほどまぶしかった。

通りのあちこちに案内所があり、客引きの男たちがめだつ風景は大阪ミナミの繁華街に似ているけれど、雰囲気は異なる。

見るからに出張族とおぼしき男たちが多いせいだろう。

スーツを着た彼らは好奇のまなざしで周囲を眺め、客引きに声をかけられては立ち止まって話を聞いたり訊《たず》ねたりしている。

白岩もゆっくり歩き、左右を見るのだが、誰も声をかけなかった。それどころか、近寄ってきても眼を合わせたとたんに笑顔を消し、背をむける。

ときおり、きつい視線を感じた。

地場のやくざ者か、警察官か。

どっちであれ気にしない。彼らとは別の男どもが金魚の糞のようについている。県警暴対課の北川が連絡をとり、尾行を要請したのだろう。道後一家の浅井が同席していた西勇会に話したのか、やくざ者と思える二人組もあとをついてくる。

視界には入らないけれど、隼人も神経を張り詰めているに違いない。

路地に入ったところで足を止めた。

雑居ビルの前に二人の女がいる。

客を見送っていたらしく、ふりむいたひとりと視線が合った。

丸顔に笑みはないけれど、野郎どもと違って瞳にやさしさを感じた。

白岩は近づいた。

大柄なほうの女はじっとしている。

「遊ばせてくれるか」

「普通のバーだけど、いいですか」

「上等や」

女のあとについて一階の店に入った。

十五坪ほどのフロアは五人が座れるカウンターと三つのボックス席があり、ボックス席の二つには先客がいた。

白岩は、カウンターの端に腰をおろした。

大柄な女がカウンターに入り、正面に立った。

「関西の人なの」

「大阪や」

「遊びで来たと」

博多訛りがでた。

「そんなところや。スコッチをロックで頼む」

「銘柄は」

「まかせる」

女がロックグラスを置いた。

手はふっくらして、人差し指と中指のつけ根の間が赤児のようにくぼんでいる。

「おまえの名は」

「リエ……理科の理に恵む」

「ママか」

「そう見えるとね」

「ほかにそれらしきおなごがおらん」

ボックス席に二人と三人の女がいるけれど、存在感が見劣りする。

理恵《りえ》が口元にえくぼを作った。

「好かれそうやな」

理恵の眼が笑った。

意味は通じたらしい。

夜の街には極道者に好かれるタイプの女がいる。とくに組長や幹部連中の好みは共通していて、見栄えと気風のいい女を連れたがる。

三十歳前後か。理恵は美形ではないが、その両方を備えているように思えた。

「けど、よそ者には興味がなかとよ。うちは博多に根を生やしてるけん」

「それでええ。風船みたいなおなごは興味ない」

「名前ば教えて」

「白岩や」

「お連れの人は」

「ん」

「ひとりで歩く立場の人には見えんたい」

「ひとりやさかい入れてくれたんと違うか」

「そのとおり。いただいてもよかかね」

「ああ」

理恵がビールを呑んだ。

「博多の生まれか」

「南のはずれ……那珂川の上流で生まれたとよ」

「桃太郎みたいに川をくだって来たんか」

「ちょっと寄り道したけどね」

理恵が首をすぼめた。

「博多は元気そうやな」

「大阪はどう」

「死にかけとる。古くからある商店街はシャッターだらけや」

「そうじゃなかと」

理恵が悪戯っぽい眼をした。

「稼業の話か」

理恵がカウンターをでて、白岩のとなりに座った。

「義理掛けで来たとね」

「そのもの言い……えらい店に迷い込んだようやな」

夜の街に生きる女といっても極道社会の用語を知る者はすくない。

「この店には誰も寄りつかんたい」

「そうできる男と縁があるわけか」

「十年つき合って、二年前に別れた」

「疲れたやろ」

「あんた、やさしかね」

「やさしい極道など様にならん」

「地元の誰に用があったと」

「こっちに縁はない。遊びに来た」

「それならあんまりうろつかんほうがよか。刑事がうろちょろしてる」

「博多に着いたとたんに職質されたわ」

「そうやろね」

理恵が声にして笑った。

「博多やくざは十年間も喧嘩して、警察と世間に追い詰められて、よう生きとる」

「資金源を潰されて、どこも借金まみれたい」

「中洲もしのぎにならんか」

「警察の取り締まりが厳しかけんね」

　ふいに隼人が気になった。

「ひとり呼んでもええか」

「そとにいるの」

　立とうとする理恵を止め、携帯電話を手にした。

　すぐに隼人が入ってきた。顔は青ざめていた。

「ややこしい顔をするな。ほかのお客さんに迷惑や」

「はい」

　白岩は、カウンターのなかに戻った理恵に声をかけた。

「きついのを呑ませてやれ」

　理恵が冷凍庫から細長いボトルをとりだし、ショットグラスに注いだ。

　どろっとした液体である。

「ウオッカたい」

隼人はグラスを手にしない。

理恵が隼人に顔を近づけた。

「大阪の男は意気地がなかね」

隼人がにらんだ。

白岩はけしかけた。

「博多のおなごにこけにされてええんか」

「勘弁できません」

「ほな、グッといかんかい」

隼人がグラスをあおり、ひと息に空けた。

「よか男ばい」

理恵が声をはずませた。

「もう一杯やるね。つき合うとよ」

「なんぼでも来んね」

隼人が博多弁で応じた。

「こっちの人ね」

「大分たい。ばってん、一年くらい博多におった」

「どうりで面構《つら》えがよかとたい」

「あんたもよか女に見えてきた」

理恵が白岩に顔をむけた。

「今夜はつき合うて」

「おう」

白岩はたのしくなった。

ようやく博多に来た実感が湧いてきた。

第二章　旅の途中

水を打った路地に涼風が流れた。

白岩光義は、見なれた風景を眺め、ふうっと息をもらした。

夜の瀬戸内海や筑紫平野の田園とは異なるやすらぎを覚える。

北区曽根崎の露天神社《つゆのてんじんじゃ》、通称、お初天神に帰阪の報告をしたところである。

「おかえりなさい」

路地に威勢のいい声が響き渡った。

花房組本部事務所の前には五人が立っている。

坂本隼人が大阪に着く時刻を報《しら》せたのだろう。

帰りは九州新幹線〈さくら〉に乗った。東海道新幹線〈のぞみ〉のほうが早いけれど、花の名に惹かれた。飛行機を使わなかったのは昼の瀬戸内海を見たかったからだ。

和田信が小走りに寄ってきた。

「よくぞご無事で」

「戦争に行ったわけやない」

「それはそうですが……お疲れさまでした。ゆっくりなさってください」

「そうさせてくれるんか」

和田がきょとんとした。

「口うるさい連中が押しかけて来とるんやろ」

「まだです」

「はあ」

「石井の伯父貴から連絡があって、お帰りの時刻を一時間ほどずらしてあります」

「どうせならあした帰ると言わんかい」

「めっそうもない」

眼を白黒させる和田を置き去りにして事務所に入った。

私室には白百合の香りが充満していた。

花屋の入江好子が東京に移り住んだあとも、店員が週に二回、花を活けに来る。服の好みとおなじ白か赤の花ばかりで、百合は一年中ある。

和田が正面のソファに浅く腰をおろした。

「何事もありませんでしたか」

「ない」

「ほんとうですか」

「くどいわ」

「きのうの夜は中洲へ行かれたとか……」

白岩はにんまりした。

理恵の店に入ったあとの報告がないのだ。隼人はウオッカに酔い、さらに理恵と三人で呑み歩き、ホテルに戻ったときの隼人は意識が飛ぶほど酩酊していた。

理恵の知人の店ばかりだったので、煙たがられることもなく、地元の不良らにからまれることもなく、すこぶるたのしい酒になった。

「博多のおなごはええのう。情がある。根が据わっとる」

「それはよかったです」

「しばらく通うかもしれん」

「だめです」

和田が語気を強め、眦《まなじり》をつりあげた。

「いや。申し訳ありません」

一転、低頭し、泣き顔になった。

「勘弁してください」

「おまえも連れて行ったる」

「殺されます」

和田が身体をはねるようにして言った。

「誰に殺されるんや」

ドアが開き、石井が足音を立て近づいてきた。

「兄貴、福岡で面倒がおきたんか」

「おなごの話や。はよう座れ」

和田が脇の席に移り、石井が正面に座った。座るなり、和田に咬《か》みついた。

「もう帰ってるやないか。おまえ、俺にうそを教えたんか」

「わいや」

すかさず助け舟をだした。

「どうせおまえらが来ると思うてな。待ち構えられてると息が詰まる」

「そんな言い方はないやろ。俺も金子の兄弟も気が気でなかったんや」

「金子も来るんか」

「あいつは用があって、北新地で合流する」

「放免祝いやあるまいし、仰々しいわ」

「そんなことはない。福岡と無縁では済まんようになるかもしれん」

「ん」

「本家の事務局長が手を伸ばしてるみたいや」

「ほんまか」

白岩は眼に力をこめた。

事務局長の門野甚六は寝業師だ。カネの亡者でもある。

先代の花房勝正が本家の跡目争いに敗れたのは、花房の健康状態もあるが、門野が数億のカネと事務局長の座を見返りに土壇場で寝返ったのも要因となった。

「どうしてわかった」

「兄貴がどうしても行くと言うから福岡の情勢を調べてみた。俺の知り合いに福岡の西勇会と近い者がおって、そいつの情報や」

「たしかやろな」

「ゴールデンウィークに西勇会の幹部が京都に来て、そのとき呼びだされ、一成会の事務局長に会うたと聞いたそうな」

「話の中身もか」

「訊いても教えんかったらしい」

「二人が接触したウラはとれたんか」

「いや。けど、デマを流すような男ではないし、うそをつく理由もない」

「事実としても、ほっとけ。極秘の接触なら誰であろうと会うたことも話さん。そもそも門野は九州と縁がない」

門野の人脈は知り尽くしている。おととしの東京での面倒事の背景に門野がいて、緊張の場面が続いた。一成会内での人脈に乏しく、身内もすくない門野は、東京の組織と縁を持つことで己の権勢を保持しようと画策していたのだった。

「今回は門野の意思ではないかもしれん」

「どういうことや」

「愛媛の道後一家が福岡の西勇会と接触してるとの情報もある」

「ほう」

さりげなく返したつもりだが、胸に細波《さざなみ》がおきた。

浅井俊一の涼しげな眼がうかんだ。

構えたところのない面構えに侠気を感じたのを覚えている。

石井が話を続けた。

「ゴールデンウィーク直前のことやが、門野が本家の会長の名代として愛媛に行き、道後一家の清水組長を見舞った」

「お病気か」

「くわしいことはわからんが、ひと月ほど入院されてると聞いた」

「もう八十を超えられたな」

五年前になる。白岩は、花房に同行し、清水の喜寿の祝賀の宴に参列した。その三年後に白岩の二代目襲名の宴席で挨拶して以来、無沙汰をしている。

清水は一成会五代目との縁が深かった。跡目争いでは花房を支持したこともあって、代替わりで引退のうわさもあったのだが、六代目の舎弟として盃を直した。

若衆らの将来をおもんぱかって意思を曲げた。

花房にそう聞いている。

石井がうなずき、口をひらいた。

「門野が愛媛に行ってまもなく、道後一家の幹部が西勇会の幹部に接触した」

「偶然やないのか。盃こそ交わしてへんが、清水組長と西勇会の大原《おおはら》組長は旧知の仲や。若いころ、刑務所でおなじ房におった」

「それは知ってるけど、偶然も重なりすぎると……」

「あんまり勘ぐるな」

白岩は眼をつむって首を回した。

どうも腑に落ちない。

浅井の眼のせいだ。

六代目に何らかの思惑があり、清水の人脈を利用し、門野を前に立て西勇会に接近しているのが事実としても、白岩と正対した浅井の眼は静かだった。

浅井は一成会の内情を熟知しているはずである。

見舞いの背景がどうであれ、白岩との遭遇には動揺しただろう。

その気配は欠片《かけら》もなかった。

むしろ、白岩と遇《あ》ったことを喜んでいるふうに見えた。

己の眼がかすんでいるのか。それとも、浅井がそれほどにしたたかなのか。

そんなことも斟酌《しんしゃく》したくない。

「兄貴」

声がして、眼を開けた。

「愛媛に飛ぼうと思う。名目は病気見舞いや」

「おまえはそれほど親しくないやろ」

「先代から一筆もろうてくれ」

「あかん」

　白岩は声を張った。

「おやっさんに心配をかけるわけにはいかん。むこうの思惑もわからんうちにこっちが動けば逆ねじを食わされるかもしれん」

「そうは言うが、六代目の気質はわかってるやろ。子飼いの黒崎《くろさき》を若頭に据えたときもそうやった。根回しが済んだあとでは手の打ちようがなくなる」

「おまえはなにをおそれてるんや」

「えっ」

「かりに六代目が大原組長と縁を結ぶのなら、それはそれでええやないか。九州は、とくに福岡は地元意識の強い土地で、これまでも東京や関西の組織が連携に動いたがむこうは頑《かたく》なに拒んできた。背に腹はかえられず、西勇会がカネと力を頼って一成会の傘下に収まれば、それが一成会の九州進出の足場になる」

「そうは言うても、兄貴の言うたとおり、西勇会は手負いの猪や。警察にことごとく資金源を断たれ、瀕死《ひんし》の状態……解散するとのうわさもある。そんなところと手を組んだところで一成会は荷物を背負うだけで得なことは何もない」

「見損のうたわ」

白岩は顔をしかめた。

石井が血相を変えた。

「どういう意味や。兄貴といえども聞き捨てならん」

黙ってやりとりを聞いていた和田が面の皮をひきつらせた。

石井が身を乗りだした。

「極道どうし、助け合うのが筋目やとでも言いたいんか」

「そうやない。縁や恩義があっての筋目や。けど、福岡の組織が殲滅《せんめつ》したかてやくざ者が消えてなくなるわけやない。これまで九州進出に色気を見せていた本州の組織はここぞとばかりに、路頭に迷うやくざ者をかかえ、福岡を獲りにかかる」

「うーん」

石井が低く唸った。

「六代目の腹のなかはわからんが、よその組織も動いてると読むべきや」

「兄貴は賛成なんか」

「どっちでもええ」

白岩はあっさり返した。門野の動きを聞いたときは血が騒ぎかけたけれど、六代目の意思が働いているのであれば対策を講じる必要はない。

門野は私利私欲のために何でもやる。

六代目の山田会長は専制君主だが、何事にも正面から向き合う。

その点では、白岩は山田に一目置いている。親としての不満はない。

しかし、策を好む黒崎と寝業師の門野には嫌悪を覚える。

そんなことはともかく、道後一家の浅井の存在が胸の細波を鎮めている。

浅井がどう動こうとしているのか。

そのほうに興味がある。

「よろしいですか」

和田が遠慮ぎみに声を発した。

「なんや」

「自分は西勇会が一成会に入ったあとのことが気になります。それでなくても、本家の若頭と事務局長は、会長の威光を盾に勢力の拡大に励んでいるようで……西勇会が参入すればお二人の勢いが増すのではありませんか」

「よう言うた」

間髪を容れず、石井が膝頭を打った。

「そこやねん、兄貴。いまでさえ、黒崎と門野は花房の先代と近かった古参幹部との接触を図り、俺らの仲間をあれやこれやを餌に手なずけようとしてる」

「好きにさせとけ。なんべんも言うてるやろ。わいから離れようと、寝返ろうと、怨むことやない。わいがその程度の器量で、その程度の仲間やったということや」

「それでは済まん。一成会は関西の看板や。地元に根を張る者がてっぺんに立ってこそ看板は輝く。なんとしても兄貴が七代目に就かなあかんのや」

「わかっとる」

白岩は乱暴に言った。

一成会のてっぺんに立つ。

その一念はゆるぎようがない。白岩の一念は花房の夢でもある。

後継争いに敗れた花房は、二千三百人を擁する花房組を白岩に禅譲すると当時に、己の引退の餞《はなむけ》として、山田に直談判し、白岩の本家若頭補佐昇格を約束させた。花房は一成会のてっぺんへの道筋をこしらえて引退したのである。

のちにその事実を知った白岩は涙した。

七代目を獲る。

そのために白岩は生きているようなものだ。

しかし、そのために何かをしようというつもりはない。

ひたらす己の道を進むのみである。

心にあるのは野望でも欲望でもなく、侠気だ。

育ての親が、その姐《あね》が身をもって教えてくれたことが支えになっている。

「俺らの好きにさせてくれ」

石井が懇願のまなざしをぶつけた。

和田が祈るように見つめた。

白岩も石井の眼を見据えた。

浅井とおなじ光を宿している。

石井が言葉をたした。

「兄貴はじっとしてろ。心配せんでもええ。兄貴の顔を潰すようなまねはせん」

「勝手にさらせ」

白岩は、突き放すように言い、ソファに寝転んだ。

怒ってはいない。呆《あき》れてもいない。かといって感謝するわけではなく、自分のために何かをしようとする連中が羨《うらや》ましかった。

白岩は勝手気ままに生きている。精神の負荷は花房夫妻が削《そ》いでくれている。

それでも、背負うものは在る。おおきく感じて息苦しくなるときもある。

いつの日か、それを感じなくなったとき初めて、男の、極道者の胆が据わるだろう。

そんなふうに思っている。

男旅の途中なのだ。

眼を閉じてすぐに足音がして、人の息遣いも感じなくなった。

ええやつらや。

白岩は胸でつぶやいた。


静かな空間はやわらかい光に満ちていた。

赤いコースターの上でグラスが雅に輝き、細かな水滴までも宝石のように見える。

ヒルトンプラザ二階のＢ・ｂａｒの片隅に、花房愛子は座っていた。

フランスのガラスメーカー・バカラの直営店で、グラスだけでなく、装飾品も灰皿も小道具もすべて自社製品を使用している。

中央にシャンデリアを配したフロアと、ガラス板で仕切った小部屋、ゆったりとしたカウンター席のどれも、さりげなく贅を尽くしているのに派手さはなく、伝統に培われた気品はうっとりするほど心が豊かになる。

マティーニを呑む愛子はその風景のなかにさりげなくおさまっていた。

白大島の左胸の淡い朱の花がこの店に似合っている。

花房が現役のあいだ、愛子は自宅でも着物を着ていた。

——いつ何時、なにがおきるかわからん。そのための準備や——

一年中着物を着る理由を訊いたとき、愛子は男口調でそう言った。

——ましておまえは男や。外に出れば七人の敵がおる。敵やのうても、誰かとばったり出《で》会《くわ》すこともある。身なりはかましておけ。恥をかかん程度のカネは持ち歩け。極道にかぎったことやない。男は見栄を張ってなんぼのもんや——

そうも言われた。

白岩は静かに近づき、正面に腰をおろした。

愛子がゆっくり視線を合わせる。

「急に呼びだして済まんのう」

「とんでもありません。おやっさんになにかありましたのか」

「いや」

愛子の口調はおだやかである。

白岩は、バーテンダーにスコッチのオンザロックを注文し、視線を戻した。

「食事はされましたか」

午後八時になる。

事務所のソファで転寝《ごろね》しているときに愛子から電話があった。

──新幹線や。八時に会えるか──

短いやりとりで電話が切れた。

姐は簡潔にものを言う。

白岩は、六時に始まった石井らとの会食でほとんど酒を呑まず、食べなかった。石井と金子には、どうしてもはずせん用ができた、とだけ告げて、姐の帰阪は教えなかった。話せば何事かと気をもむ連中である。

「院長と食べた」

「戻って来られるのですか」

白岩は眼をまるくして訊いた。

三週間前に上京したときは花房も愛子もそんなことを口にしなかった。付き添っている入江好子は、いまは心静かに暮らしている、と笑顔で言った。

「東京での暮らしも二年が過ぎた。わても花房も、去年の震災のあとの心のゆれは消えたけど、里心がのう……」

愛子が細い眼で笑った。

七十六歳になる。歳相応に見えても、燻《いぶ》し銀の風格は衰えていない。

「院長も時々連絡をくださって……様子見がてら相談に乗ってもろうた」

「おやっさんの病状はどうですの」

「安定してる。がん細胞がなくなったわけではないが、ひろがってもない。東京の医者は月に一回の治療で現状は維持できると……完治の見込みはないけど、花房も七十四やさかい、進行はせんと読んでるみたいや」

「それなら戻ってください」

「院長にもそう勧められた」

「なにか障害でもあるんですか」

「花房が頑固で……おまえの立場を気にしてるのや」

「どういうことですか」

「自分が帰れば、おまえが病気以外でも神経を遣うと思うてるんやろ」

「子が親を気遣うのはあたりまえやないですか」

愛子が顔を左右にふった。

「稼業のことや。引退しても花房の存在がおおきいのは東京に居てようわかった。おまえには内緒にしてるようやが、かつての兄弟分や縁者からときどき電話があってな、いろいろ相談を受けたりしてる。花房はいつも最後には白岩を頼れと言うのやが……花房が大阪に帰ればその連中が会いに来たがる」

「それでええやないですか」

「なにがええのや。花房は引退した男や。花房組を背負うてるのは光義、おまえや。かつての伯父貴連中が相手でも、稼業のことはおまえが仕切らなあかん。筋を通さん連中も情けないが、おまえのやさしさに歯痒《はがゆ》い思いをしてるんやないか」

「心配せんといてください。締めなあかんときはきっちり締めます。自分は、縁を大事にしておやっさんを頼る方々はほんまの極道者やと思います」

「あいかわらず甘いのう」

「すみません」

「こんなご時世や。縁や義理には欲がくっついてると思え」

白岩はくちびるを噛んだ。

いやですとは言えなかった。まして、そうであっても粗末にするつもりはありません、とは口が裂けても声にできない。

愛子はそんなことなど百も承知で言っているのだ。

花房夫妻は一成会のてっぺんを獲るむずかしさが骨身に沁《し》みている。

「それを利用させてもらおうかのう」

愛子が眼を細めた。

白岩は黙ってあとの言葉を待った。

「そばにいて、おまえをもっと叱れと……どうや」

「お願いします」

白岩は頭をさげたあと、言い添えた。

「それでだめなら、自分が助けてほしいと頭をさげます」

「わかった。説得してみる」

「吉報をお待ちしています」

白岩は顔をほころばせた。

愛子が呆れ顔を見せた。

「ほんまに親離れができんみたいやのう」

「そんなもん、する気がおません」

白岩は澄まし顔で応え、オールドファッションのロックグラスを手にした。

その重みが手を満足させた。

氷のBの文字が消えかかっていた。

北新地は霧雨に濡れていた。

行き交う人が傘をささないほどの量だが、北新地の街はすっきりとして、路面にこぼれるネオンがあざやかに見えた。

白岩は、新地中通に面したクラブ・Sに入った。

船上で遇った美鈴のいる店である。

奥のコーナー席はにぎやかだった。

石井も金子も遊びの席に稼業を持ち込まない。面倒事をかかえていてもおなじだ。

白岩もおなじで、そういう振る舞いは花房を見て覚えた。

石井が中央の席を空けようとするのを手で制し、端に座った。

「たのしそうな顔をして……おんなに甘えられたんか」

金子が茶化した。

白岩はスコッチの水割りを呑んで、口をひらいた。

「近々、おやっさんが戻って来られる」

「ほんまか」

石井と金子が声をそろえた。表情もおなじようにほころんだ。

「姐さんに会うてた」

「なんで言わんかったんや」

金子が不満そうに言った。

「戻って来られたら毎日でも会えるわ」

東京での花房は身内の訪問をことわっていた。この二年間で金子は一度しか面会しておらず、石井は東京にも行かなかった。そういうこともあって、花房と縁があり、花房を慕う連中は電話をかけていたのだろう。

石井が口をひらいた。

「いつごろになる」

「はっきりしたことはわからん。ひと月か……そう遠い話ではなさそうや」

白岩は、愛子の口ぶりから花房が戻って来ると確信している。そうでなければ気脈を通じる兄弟分にも話さない。

「本家の連中はもちろん、おやっさんを慕う方々にも内緒にしといてくれ。いずれ時期がはっきりすれば、わいが連絡する」

「快気祝いはやるのやろ」

「快気とはいかんが、一度は皆を集めたいと思うてる」

「そうや」

金子が声をはずませた。

「誕生日祝いにしよか」

「おう。ええことに気づいた」

白岩は相好《そうごう》を崩した。崩しすぎて頰の傷が裂けそうになった。

「おやっさんは七夕《たなばた》の日やのう。それまでには戻られるやろ」

「めでたい」

金子がますます上機嫌になった。

石井のほうは複雑な顔をしている。

その理由はなんとなくわかった。

面倒事をかかえたまま花房を迎えたくないのだろう。

石井は一途で剛直な男である。血も熱い。事務所で石井がむきになったのは黒崎や門野を嫌っているからだ。先の跡目争いの遺恨を引き摺っているというより、策士とか寝業師という言葉そのものに拒否反応を示している。

大阪ミナミを島に持つ石井は、地元意識が強く、小商《こあきな》いの正業と裏稼業を併せ持ち、警察の取り締まりが厳しいなかでも彼に好意的な商人《あきんど》は多くいる。

その生き方は花房に似ているが、気質が災いしてか同業の人脈には乏しく、よその組織との縁も薄く、身内の数も設立当時とほとんど変わらない。

もっとも石井はそんなことに無頓着で、ある意味では羨ましい男でもある。

他方、金子は如才無い。金子組の主な資金源は賭博である。金子は博奕《ばくち》好きの連中を集めるのがうまく、公営ギャンブルや野球賭博、本引《ほんび》きの賭場の胴元として稼ぐ、いまではめずらしい古典的な極道者だ。

となりの女が黒服に呼ばれ、代わりに恰幅のいい女がやってきた。

「おお、楓か」

白岩はにんまりした。

鼠地《ねずじ》に数種類の花をあしらった着物は小太りの女には不向きだが、楓は似合っていて、一時流行《はや》った襟元を開ける着こなしも様になっている。

なんとなく雰囲気が中洲の理恵に似ていた。

「あら」

楓が声を発して、となりに座った。

「たまにしか座れないのに、うちのことを覚えてたん」

「あたりまえや。博多の出やろ」

「そんなこと言うたかしら」

「わいの記憶はたしかや。美鈴にも聞いた」

白岩は、旅でのことを美鈴に絞って簡潔に聞かせた。

話しながら、楓の表情が曖昧なのに気づいた。

話題を変えるほうがよさそうだ。

「おまえは中洲におったんか」

「三年くらい。そのころはＯＬしながらのアルバイトやったけど」

「大阪に移るんはめずらしいやろ。中洲のおなごたちは地元意識が強そうや」

「そうね。でも、うちは途中でいやになって……」

ためらいの気配を見せたあと言葉を継いだ。

「仲のよかった子が地元の親分の彼女になって、うちもよう声をかけられるようになって……そうするうちにどこかで誰かに見られたんやと思う。お昼の会社でうわさになったさかいおれんようになったんよ。うちはやくざが嫌いやのに……あっ……」

楓が声を切り、苦笑した。

「かまへん。それがまともや」

「そうよね。でも、白岩さんは好き。やくざやなくて極道やもん」

「そんな話をしたか」

楓が瞳を眼の端に寄せた。

その先に金子がいる。

「兄貴は浪花《なにわ》の極道やと」

楓が耳元でささやいた。

「うち、なんとなく納得した。白岩さんて、どこからどう見てもこてこての極道やけど、なんか違うのよね」

「おんなじや。見かけはどうでもクズであるに変わりない」

「クズなん」

「そうよ。ところで、その博多のおなごとは縁が切れたんか」

「切れてたんやけど、二年前に連絡があって、大阪で再会した。やくざと別れて、いまは中洲でバーをやってるそうよ」

白岩はうなずいた。

そのおなごの名は。

そう訊きかけて我慢した。

頭の片隅には理恵がいる。

それにしても偶然とは恐ろしい。

行く先々で人がからむのは己の運命か。

そんなことが思いうかんだ。


ストレッチで汗をかき、熱いシャワーと水風呂でようやく身体が元気になった。

なまけ癖がついたのか、体力が衰えてきたのか、器具を使っての腹筋や背筋の強化は十数分で筋肉が悲鳴をあげ、最近は簡単なストレッチ体操で済ませるようになった。

四十八歳と五か月になる。

男の平均寿命が七十歳半ばになったとはいえ、自然の摂理とおなじく老化が遅くなったわけではなく、老人として生きる期間が長くなったようなものだ。

二十代の体力を維持しようとか、老化を遅らせようとか、そんなことは思わない。

そもそも若いころは明日を考えず生きていた。

それがあたりまえの稼業で、その心構えを支えるためにトレーニングを続けた。

ときおり、極道者の覚悟を忘れそうになり、冷や汗がでることがある。

警察の暴力団対策が強化され、しのぎがむずかしくなっているけれど、しのぎと面子を賭けての抗争は激減した。裏社会の連中は食い扶持どころか生きる糧《かて》を失っている。

あげく、不埒な輩《やから》は詐欺で老人のカネを略奪し、違法ドラッグで少年少女の精神を壊している。小汚い手口で赤字の国の血税を掠め取る野郎どももいる。

もはや暴力団という呼称さえもふさわしくない体たらくである。

身体を張らず、リスクを恐れ、無防備な人々を米櫃《こめびつ》にする連中が胸に金バッジをつけ、ゴルフ場ではしゃぎ、酒場で虚勢を張る様を見て、堅気の人は眉をひそめるだろうけれど、白岩は怒りを通り越して泣きたくなる。

そう思う白岩も修羅場を離れてひさしくなった。

企業間のトラブルの仲裁役として奔走し、不動産開発や建設に絡む利権の真ん中に身を置いたのは白岩組を率いた時代で、関西きっての経済極道と言われもした。

花房組の二代目に就いたときに己のしのぎは白岩組に譲った。

先代の花房がそうだったように、上納金の一部だけを己の収入にした。

実入りは白岩組組長のころの十分の一に満たなくなった。

だが、そんなことに不満はない。経済極道として名を売ったころもカネに無頓着だった。

極道者として名を売り、男を磨く。

それが第一義であった。

それでも隙は生まれる。

昼間は醜態をさらしてしまった。

「慣れほどこわいもんはない」

花房の姐がぼそっと言った。

松屋町の鮨屋・たこ竹にいる。

たこ竹の鯖《さば》の棒鮨は年中あるわけではなく、五月中には品書きから消え、九月下旬まで食べられなくなることが多い。きょうはいい鯖があり、店主お勧めの穴子の棒鮨にもありつけて笑みがこぼれたのだが、箸の動きは鈍かった。昨夜の深酒のせいだ。

昨夜の別れ際に愛子から誘われていたのに、呑んでいるときも意識の隅にあったのに、胃は酔ったままで、身体は重く感じた。

神経を張っていてもまぬけ面は隠せなかったのだろう。

白岩は臍《へそ》に力をこめ、背筋を伸ばした。

愛子が苦笑をうかべた。

「鯖に失礼やろ」

「はい」

「おまえの歳で身体がどうのというのはおかしい。浴びるほど呑もうが、おなごや博奕で徹夜になろうが、心構えができていればねぼけ面にはならん」

「すみません」

「光義っ、花房でもわてでも、信頼する身内でも心の隙は見せるな」

愛子は強い口調で言ったあと、鯖の棒鮨を頬張った。

険しい表情が消え、口元が弛む。

白岩も緊張を解いた。後悔を引き摺るのは愛子に失礼である。

「おやっさんもここへ来て食べるほうが元気になられます」

「ほんまのことを言うとな……わてはいまだに江戸前の鮨になじまんのや」

「赤酢があきませんのか」

「シャリの量やな。東京は上品であかん。ここの棒鮨はギュッギュッと詰まってる。貧乏な家に育って食い意地が張ってるのか、東京の鮨は旨いけど、胃が満足せん」

「自分はガツガツと何でも食べますが、東京のお好み焼き屋だけはどうも……レストランみたいにきれいで、お好み焼きを食うてる気がしません」

「わてもや」

愛子の眼が笑った。

「けど、ええ店を見つけた」

「関西からの出店ですか」

「違う。もんじゃや。雰囲気が大阪の古いお好み焼き屋に似てる」

「あれは歯応えがおませんやろ」

「食うてから言え」

愛子が思いだしたように下をむき、鯖と穴子の棒鮨を交互に食べだした。

白岩の胃はいつのまにか元気になっていた。


缶ビールを手にベランダに出た。

自宅は堂島川と土佐堀川にはさまれたマンションの十五階にある。

パイプ椅子に身体を預け、南の空を眺めた。

くすんだ青がある。

無数の欲望がひそんでいるせいのように思える。

筑紫平野の澄んだ青空とちいさな入道雲を思いだした。

のどかな風景のなかでも諍《いさか》いはおきる。人の欲は果てしなく、欲と欲がぶつかれば諍いがおきるのは必然で、かつて白岩はその只中に生きていた。いや、いまも生きている。むきだしの欲望と秘めた欲望の違いだけで本質は変わらない。

——慣れほどこわいもんはない——

愛子は自分のどこかに隙を見つけたのだろう。

二十七年間そばにいるのに愛子を前にすると緊張する。

それなのに隙があったということだ。

須藤も隙を見つけたのか。

そう思いかけて、頭をふった。

考えればなにもかもがうっとうしくなる。

ひたむきに生きる覚悟に翳《かげ》を差す。

わいの根っこはあそこや。

大阪湾に近い、住宅が密集するあたりを眺めては己に言い聞かせている。

ファックスが作動する音を聞いて部屋に戻った。

簡素な部屋である。

二十畳の洋間にはL字形の応接セットと液晶テレビ、ストレッチ器具があるだけで、寝室にはベッドと書棚しかない。

ペットを飼わず、植物も置かない。

自分以外の人のにおいも拒んでいる。この部屋に七年住んで、招き入れたのは親友の娘の鶴谷康代《やすよ》ひとりである。

ソファに座ってすぐ携帯電話が鳴った。

「白岩や」

《いま大丈夫ですか》

優信調査事務所の木村がいつもの台詞《せりふ》を口にした。

「あいかわらず仕事が早いのう」

白岩は用紙の一枚目の上段に記された文字を見ながら言った。

調査報告書とある。

《途中報告です》

「電話したのは気になることがあるからやな」

《はい。福岡の西勇会ともめてるのですか》

「なんで訊く」

《ご依頼の件で気になる人物がいます》

「筑紫ファームの役員の娘婿か」

《そうです。西谷洋《にしたにひろし》といって、博栄《はくえい》商事という不動産会社の取締役です》

「西勇会とかかわりがあるのはどっちや。不動産屋か、西谷か」
《会社は以前、仕事上のトラブル処理を西勇会に依頼していたようです》
「腐れ縁は続いてるんか」
《表向き切れているそうですが、県警は博栄商事を監視しています》
「西谷本人も西勇会とつながってるんか」
《その可能性は高いと思われますが、まだ断定するには至っていません》
「西谷と嫁の親との関係はどうや」
《西谷が筑紫ファームの中村良一《りょういち》の家に出入りするようになったのはことしになってからだという複数の証言を得ました》
「それまでは疎遠やった。つまり、結婚にむりがあったわけか」
《中村の娘の珠美《たまみ》は二十歳のとき西谷と知り合ったそうです。当時、西谷は中洲でホステスのスカウトをしていて、珠美はスカウトされクラブで働いてると友人に話しています。それからまもなく同棲し、西谷が博栄商事に就職したあと入籍しました》
「いつのことや」
《結婚したのは十年前です》
「戦争が始まったころか」

《はい》
木村の声に熱を感じた。
西勇会と共栄会の抗争を意識しているのだろう。
西勇会の大原組長はかつて共栄会の幹部だったのだが、跡目争いに敗れて脱会し、共栄会は真っ二つに割れた。
その遺恨による骨肉の争いが延々と続いている。
《話を戻します。珠美は結婚した直後に西谷を実家に連れて行ったけれど、父親は会わなかったそうです。その理由はわかりませんが、中村は娘の同棲を知って西谷の素性を調べたというわさもあります》
「急に接近したわけは」
《調査中です。それにまつわる幾つかのうわさはありますが、中村家の周辺は堅く口を閉ざしていて、真偽のほどは不明です》
「須藤と中村の関係はどうや」
《取り立ててどうのということはありません。ただ、須藤が地区の農家を集めて筑紫ファーム設立の趣旨と構想を語っていたころ、中村は消極的だったそうで、おなじ不安と危惧を抱く人たちと話し合っていたとか》

白岩は、話を聞きながら用紙をめくり、須藤に関する情報を流し読んだ。
「須藤は福岡市内に住んでたんか」
《はい。県庁を退職するまで家族と一緒に官舎住まいで、実家へは月に一度帰ればいいほうだったとか》
「ふーん」
白岩は曖昧に返した。
須藤の家から博多駅前のホテルまで車で三十分とかからなかった。
白岩の胸のうちを察したのか、木村が言葉をたした。
《ごく一般的な家庭関係だったようです》
「けど、農業にあかるかったとは言えんやろ」
《須藤には参謀がいます》
「何者や」
《県の農林水産部にいた杉田《すぎた》という男で、長く水田農業の振興にかかわり、十年前に施行した福岡県農業・農村振興条例の素案作りでは主導的な役割を担っていました》
「過去形ということは、いまは筑紫ファームにおるんか」
《はい。須藤が近隣農家の同意をとりつけた直後に退職しました。資金面をふくめ、県の支

援や関係団体等との交渉は杉田が仕切り、会社設立時には専務に就きました》
「須藤はどこの部署におった」
《最終歴は企画・地域振興部の次長ですが、商工部の商工政策課や農林水産部の水田農業振興課に在籍していたので、まったくの素人《しろうと》ではないでしょう》
「須藤の評判はどうや」
《県庁のころは可もなく不可もなくの仕事ぶりだったらしく、人柄に関しても似たような評価です。筑紫ファームの周辺は慎重を要しますので後日ご報告します》
「吉永はどういう男や」
《須藤の父親と親しかったようです。逆に、中村家との関係は好ましくなく、かつて中村の娘の悪いうわさを流したのは吉永だという証言を得ました》
「今回の件では中村と対立してるわけやな」
《急先鋒のようですが、こちらもしばらくの猶予をください》
「わかった。報告書を読んで、わいのほうから連絡する」
白岩が電話を切りかけると、待ってください、とあわてる声が届いた。
「なんや」
《暴対課の刑事に職質されたそうですね》

「そんなことも調べたんか」
《一成会の白岩が博多にあらわれたと、県警のうわさになっているようです。うわさでおわるのなら心配ないのですが、背景を調べ始めた刑事もいるとか》
「北川か」
《はい。北川は西勇会専従班の主任です》
「ほう」
《興味がおありですか》
「あるか」
白岩は乱暴に返し、ひと息ついて続けた。
「西勇会の情報を集められるか」
《抗争の状況を知りたいのですか》
「いや。ほかの組織との接触や」
《むずかしい依頼なので的を絞ってください》
「愛媛の道後一家……」
白岩は福岡のホテルでの出来事を話した。
本家の動向が気になるわけではない。会長がなにを画策しようとも一成会として意思決定するさいは執行部会に諮《はか》る必要がある。

その場で事実関係があきらかになれば己の意見をはっきり言う。山田の六代目就任のさいの人事案件とは違って、いまの白岩はものを言える立場にある。

心配なのは石井の動きである。

五年前の跡目争いのさなかに門野甚六が寝返りそうだとの情報を聞いた石井はひそかに門野の命を狙っていたという話をあとで知った。

——石井の兄弟が無言になったときは恐ろしい。なにをしでかすかわからん——

金子がそう案じるほど、石井の気質は真っ直ぐである。

《わかりました。県警関係者から情報を集めます》

木村の声が元気づいたように感じた。

「今回は耳で得た情報だけにせえ」

《そうしますが、いつでも部下を動かせる準備はしておきます》

「いらん。わいの懐は破産寸前や」

電話を切ってベランダに戻った。

暮れなずむ空の下、堂島川にネオンの灯が憂鬱そうにゆれていた。

翌々日の夕刻、白岩は金子を伴って事務所近くの蕎麦屋を訪ねた。

友人の鶴谷康の前妻が親の家業を継いだ店である。

いつもの席につくと、いつものように娘の康代がビールと日本酒を運んできた。

「おじさん。ツルコウと会うてるの」

ツルコウとは鶴谷康のことで、白岩と康代が使う符牒である。

「先月、一緒に呑んだ。元気にしてたわ」

「夏休みに連れて行って」

「相談でもあるんか……ん、彼氏のことか」

「そんなん違う」

康代がむきになった。

片思いが相手に通じて交際を始めたと聞いている。

生まれたときからそばで見ている康代は実の娘のようなものだ。

「ツルコウに話したんか」

「メールで……」

康代がうつむき、顔を赤らめた。

「それ以来、連絡がないんよ」

「拗《す》ねてるんや。あいつはいつまで経ってもガキやさかい」

「おじさんも……子どもができたら大人になるよ」

「あほ」

康代が肩をすぼめて去った。

金子がビール瓶を傾けながら口をひらいた。

「康代ちゃんの言うとおり、兄貴も年貢を納めたらどうや」

「いらん世話や」

「好子さんがかわいそうやないか」

「うるさい」

白岩はつっけんどんに返し、グラスをあおった。

「それより、なんの用や」

「会議の中身を教えてくれ」

きょうは浪速区にある一成会本家で執行部の定例会が行なわれた。

一時間ほどでおわって事務所に戻ると金子が待っていた。

「福岡の件を気にしてるんか」

「黒崎も門野のおっさんも、油断ならん。石井の兄弟が心配するとおり、じっと手をこまねいてたら手遅れになるかもしれん。黒崎が若頭になったときの二の舞は踏めん」

一成会六代目の山田隆之《たかゆき》は中部地区を島に持つ名道会の出身で、山田の子飼いの黒崎淳《じゅん》は名道会の跡目を継ぎ、本家一成会でも若頭に就いた。慣習を無視した人事は古参幹部の反発を招いたけれど、山田が強引に押し切った。

花房に近い連中が強硬に反対しなかった背景に白岩の存在があった。事を荒立てれば白岩の若頭補佐就任も白紙に戻ってしまうとの危惧である。山田が花房の談判を快諾した裏には黒崎の若頭登用の絵図があった。それが花房の読みである。

そんなことはともかく、白岩は会長人事に不満を抱いてはいない。極道社会では親がすべてなのだ。白岩も独断で和田を若頭に抜擢した。

「石井にも言うたが、ほっとけ」

「そうはいかん。兄貴の考えは兄弟に聞いた。その点で異論はない。けど、和田や兄弟が心配してるように、あの二人がのさばるのは見過ごせん」

「とがるな」

白岩はやさしく言い、徳利を手にした。

「七代目は先の話や。いまから神経を張り詰めてどうする」

「兄貴はほんまに呑気《のんき》すぎる」

金子が受けた盃をあおり、言葉をたした。

「むこうは先を見据えて根回しに躍起なんや」

「ええやないか」

白岩はなだめるように言った。

「じっと周りの風景を眺めとれ。ちょろちょろ動けば、動いた分だけちいそうなる」

「先代の教えか」

「そうや」

「……」

金子がなにか言いかけ、口元を締めた。

言いたいことは容易に想像できる。

花房勝正は泰然自若に構えていたから跡目争いに敗れた。

そう思い、臍《ほぞ》を噛んだ連中もすくなくないだろう。

王道を歩んでも花が咲かないことはある。

邪道を突き進む者が太陽を浴びることもある。

それでも、白岩は己の信念を曲げようとは思わない。

花房の侠気を受け継ぎ、ひたすらに歩く。
そうでなければてっぺんをめざす意味がなくなる。
カネをばらまき、あらゆる策を弄してつかむてっぺんはゴミの山のそれとおなじだ。
康代が空豆《そらまめ》と天麩羅《てんぷら》と筑前煮を運んできた。
緑色に輝く空豆に塩をおとし、口にした。
歯応えがよく、旨味があって、特有のほのかな香りが口中にひろがる。
金子は好物の穴子の天麩羅を嚙んだ。
シャキッと音がした。
——鯖に失礼やろ——
おとといの、松屋町のたこ竹での愛子の声が鼓膜によみがえった。
いまを丁寧に生きろ。
あのとき、そう教えられたような気がした。
二人とも黙って食べた。
白岩は金子の心根に感謝した。
跡目争いの話を続ければ、料理は味気ないものになっただろう。
「ところで」

金子が箸を手にしたまま顔をむけた。

「先代はいつ戻られる」

「まだ決まってへん」

「俺はもう辛抱できん」

「はあ」

「口がムズムズして……皆、飛びあがってよろこぶわ」

白岩は苦笑した。

先日の愛子とのやりとりが胸の片隅にある。

――稼業のことや。引退しても花房の存在がおおきいのは東京に居てようわかった。おまえには内緒にしてるようやが、かつての兄弟分や縁者からときどき電話があってな、いろいろ相談を受けたりしてる。花房はいつも最後には白岩を頼れと言うのやが……花房が大阪に帰ればその連中が会いに来たがる――

――それでええやないですか――

――なにがええのや。花房は引退した男や。花房組を背負うてるのは光義、おまえや。かつての伯父貴連中が相手でも、稼業のことはおまえが仕切らなあかん。筋を通さん連中も情けないが、おまえのやさしさに歯痒い思いをしてるんやないか――

――心配せんといてください。締めなあかんときはきっちり締めます。自分は、縁を大事にしておやっさんを頼る方々はほんまの極道者やと思います――

――あいかわらず甘いのう――

甘いと言われようと、未熟者と言われようと、黙って受け容れる。

忸怩《じくじ》たる思いがないといえばうそになる。嫉妬のようなものもめばえる。

しかし、花房は白岩のどんな感情も吸収してしまう存在である。

金子が覗くように顔を近づけた。

「心配事でもあるんか」

「ない」

白岩はきっぱりと言った。

「皆の笑顔を見て暮らせば長生きされるやろ」

「そうよ」

金子の声がうわずった。

「兄貴の七代目襲名披露を見届けてもらう」

「わいもそう願うてる」

「その前にどうや」

金子がにんまりした。

「一成会の会長が独り身では様にならん」

「……」

白岩は視線をそらした。

いろいろ思うことはある。

自分と好子のこの先の縁を考えたことはない。

好子がどう生きようとも、そばにいて見守り続けると決めている。

けれども心配がないわけではない。

実の親のように慕う花房夫婦が逝ったとき、好子の心の均衡が崩れるのではないか。

それに自分は対応できるのか。

――あなたの傷には、わたしの人生が埋まってる……だから、うちは強い気持ちで生きられる。あなたが死なんかぎりは……――

好子の告白は胸に刻んである。

ある日、突然に頬の傷が消えてなくなれば、好子の眼を見つめていられるだろう。

白岩が稼業を離れれば、好子の心の負荷は幾分か軽くなるかもしれない。

そんなことを思うこともある。

思うけれど、矢先に消える。

中洲の理恵は物怖《ものお》じする様子がない。

グレイのブラウスにダークブラウンのスーツは一見すると実業家ふうに見える。

「めずらしいおなごや」

白岩は笑顔で言った。

「どういう意味ね」

博多訛りがでた。

「昼間のほうが色っぽい」

「そうね。うれしか」

ゆるくウェーブのかかる栗色の髪がゆれた。

昨夜、金子と遊んだクラブ・Sでばったり遇った。

理恵はカウンター席でひとり呑んでいた。

白岩は自分の席に誘ったのだが、理恵は固辞した。楓の話では、北新地の女たちに殺される、と言ったそうである。

そのあとメールが届き、きょう会う約束をしたのだった。

午前十一時になる。

梅田駅構内のホテルの喫茶室にいる。

「いつ来たんや」

「おとゝい、日曜の昼に来て、物件を見てた」

「北新地に出張るんか」

「見たのは心斎橋……中洲の店に顔をだしてくれる大阪のお客さんがおって、手頃な物件があると誘われたのよ。わたしが大阪でモツ鍋屋をやってみたいと言うてたからね」

「気に入ったか」

理恵が首をかしげた。

物件がどうのではなく、義理は果たした、そんな仕種に見えた。

「それにしても水臭い。二日もおるのなら連絡せんかい」

「わたしみたいな田舎者がそばにいたら白岩さんの値打ちがさがる」

「そんなもん端《はな》からないわい」

理恵がクスッと笑った。

「きのうの昼に帰る予定だったんだけど、楓さんに引き止められて」

「そっちも義理か」

「勘がよか」

理恵が眼元に笑みを走らせた。

「大阪のお客さん、楓さんの紹介なの」

「堅気か」

「もちろん」

「やくざ者は懲りたか」

「相手が懲りたかも……わたしはカネ遣いが荒かったから」

「博奕か」

「野球賭博で死にそうになった」

「福岡の組織は借金まみれやと言うてたな」

「そう」

「西勇会もか」

白岩の頭の片隅には楓の言葉が残っている。

——仲のよかった子が地元の親分の彼女になって……——

理恵の眼が険しくなったが、一瞬のことだった。

白岩は、地元の組長が西勇会の大原組長と確信した。

「なにが知りたいの」

「あすは我が身や」

「そんな……」

　理恵が声を切り、コーヒーを飲んで言葉をたした。

「白岩さんはどこの人なの」

「一成会や」

　隠す理由はない。

　福岡のホテルの喫茶室で浅井といたのは西勇会の連中だと思っている。福岡県警が自分に興味を持ったのなら、西勇会も神経をむけているだろう。

「そうか」

　理恵がぼそっと言った。

「なにを納得してるねん」

「最近、西勇会が元気になったといううわさを聞いたけど、白岩さんが……」

「勘違いするな」

　白岩はさえぎった。

「わいは遊びに行ったんや。むこうの誰とも会うてへん」

「わかった。でも、西勇会がどこかと縁組するといううわさが流れてるとよ」

「どこかは知らんのか」

「縁が切れたからね」

白岩はうなずいた。

話題を変えたい気分になっている。

女相手に稼業の話はしないのだが、理恵に同業者の雰囲気を感じるせいか、あるいはそれほどに西勇会が気になるのか、話をむけてしまった。

「昼飯を食う時間はあるか」

「よかった。そのつもりで三時の新幹線をとったの」

「食いたいもんは」

「大阪寿司か、お好み焼き」

「梯子《はしご》したる」

白岩は伝票を手に立ちあがった。

白岩も三時の新幹線に乗った。

しかし、理恵とは逆の東京行きである。

――話がある。いつ来れる――

天神のお好み焼き屋を出て、松屋町のたこ竹へむかう途中で携帯電話が鳴った。自分からはめったに連絡しない花房の声は硬く感じた。

――夕方までに着くようにします――

白岩は即座に応えたのだった。

花房は築地本願寺裏のマンションに住み、歩いて数分の距離にある国立がん研究センター中央病院に通っている。

玄関に入ると、魚を煮つける甘辛いにおいがした。

――ここので楽しみは魚や。築地には日本中の旨い魚が集まってきよる――

花房の言葉を思いだした。

「なにしてるの。早くあがって」

好子が急《せ》かすように言った。

好子は階下に住んでいて、一日の大半を花房夫妻と一緒に過ごしている。

キッチンにいる愛子に挨拶し、居間に入った。

花房は大島紬《つむぎ》を着て、座椅子に胡坐をかいていた。

白岩は気を引き締めた。

自宅で大島紬を着るときの、花房の心構えはわかっている。

「急に呼びつけて済まんかったのう」

「とんでもありません」

「誰ぞに迷惑をかけんかったか」

「いえ。きょうもあしたも予定はなく、北新地で時間を潰すつもりでした」

「新地か……ときどき夢にでるわ」

「夢が現実になるか、あんた次第や」

背に声がした。

愛子が日本酒と小鉢を運んできた。

「おっ」

声がこぼれた。

小鉢の一品はイタドリとワカメの胡麻和《ごまあ》えだった。

「おまえの好きなイタドリを市場で見つけたんや」

白岩組を立ちあげて間もないころ、イタドリという植物を知った。部屋住みの若衆が作った味噌汁の具がそれで、高知の実家から届いたものだった。

シャキシャキと食感がよく、酸味のある香りが気に入った。

その若衆によれば、酢味噌和えや炒め物としても食するという。

「高価なものやないのに手間はかかる。アクを抜くのに一日……おまえが来ると聞いて、イタドリを食べさせるのに呼んだのかと思うたわ」

愛子の言葉に花房が乗った。

「そうよ。光義もたまにはアクを抜いたらなあかん」

「どうか、おてやわらかに」

白岩はおどけて返し、ガラスの徳利を手にした。

花房が袂を切り、冷酒をあおった。

「話を先に済ませる」

「はい」

白岩も盃を空け、背筋を伸ばした。

「稼業は順調か」

「はい」

「おまえはどうや。成長してるか」

「まっすぐ歩いています」

「わしが荷物になることはないのやな」

「はい」

やりとりするあいだ、白岩はまばたきしなかった。

よけいな言葉をつけるつもりもない。

「大阪に帰る。世話になるつもりはないが、たまに遊んでくれ」

「よろこんで」

白岩は表情を弛めた。

好子が皿を運んできた。

鯛と鮪の刺身だった。

紅白を見て、胸がふるえた。

愛子と好子の感情が伝わった。

「いつ戻られますか」

「来月の初めに治療を受ける。そのあとやな」

花房は月に一度、放射線治療と抗がん剤治療を交互に受けている。

「医者には話されたのですか」

「よかったと……ようやく決心したかとほざかれた」

花房が苦笑まじりに言った。

「大阪のほうは万端用意します」

「部屋はどれくらいでさがせる」

「ご自宅もお二人の帰りを待ち望んでいると思います」

「なんやて」

花房が眼をまるくした。

キッチンから愛子が飛んできて、白岩の傍《かたわ》らに膝をついた。

「まだ空き家なんか」

花房の家は淀川区東三国の住宅街にあった。

極道者に資産はいらん。

それが花房の信条である。

それにしても東京に移住するさい愛子に手渡された通帳の残額を見ておどろいた。たったひとつの通帳には★17，453，604とあった。

――花房の全財産や。あと、義理で買った株券がすこし。おまえも知ってのとおり、自宅は借家で、調度品は二束三文にしかならん――

――本部事務所の不動産がおます――

――あれは花房のもんやない。花房組の皆の財産や。登記簿も花房組になってる――

　それを聞いて二度びっくりした。

「自分が借りてます」

「はあ」

　愛子が口をあんぐりとした。

「姐さんが解約されたあと、自分が契約しました。処分を頼まれた家具などもそっくりそのままにしてあります」

「おまえ……」

　愛子が絶句した。

「お二人が戻って来られると確信してのことです。住み慣れた家が落ち着きますやろ。それにかかりつけの病院に行かれるのにも便利です」

　大阪在住時は千里山の病院に通っていた。院長とは入魂《じっこん》の仲で、持病の糖尿病や不整脈の治療も、生体肝手術もそこで受けた。

「好子っ」

　気をとりなおした愛子が好子を呼んだ。

「おまえは知ってたんか」

「いえ。初めて聞きました」

好子が眼を白黒させた。

「ええやないか」

花房がなだめるように言った。

「光義の厚意をありがたく受けよう」

「そうです」

好子が声をはずませた。

「おおきに」

愛子が頭をさげた。

白岩はあわてて愛子の両肩にふれた。

「親子やないですか」

愛子が静かに立ち、キッチンへむかう。

その背がふるえているように見えた。


夜空を突き刺すように東京スカイツリーが聳《そび》えている。

二箇所の展望台に灯がある。

「よかった」

好子がつぶやいた。

食事をおえ、好子を連れて散歩にでた。

隅田川にかかる勝鬨《かちどき》橋の中央にいる。

「なにがや」

白岩は、欄干に両肘《ひじ》をついたまま訊いた。

「あの塔に願をかけてたの。完成する前に帰れますようにって」

「苦労させたのう」

「苦労なんてしてへん」

「おまえがおらんかったらお二人の気持ちは切れてたかもしれん」

ちょうど一年前、白岩は花房と勝鬨橋を渡った。

そのときの話を思いだした。

――お加減はどうです――

――しんどい。放射線治療はそうでもないが、抗がん治療は応える。あれをやると二、三日はものを言う気にもならん――

――頑張って長生きしてください――

――長生きしたところでなにをやるという目的があるわけやないが、愛子と好子の苦労に報いたい。とくに好子はわが身が万全やないのに、健気《けなげ》に尽くしてくれとる――

好子は、花房が東京行きを決断した直後、車に撥《は》ねられ重傷を負った。三日間意識不明に陥るほどであったが、退院してすぐ花房夫妻のあとを追ったのだった。

「来週に開業するのよ」

「予約をとったんか」

「うん。おとうさんにはしんどいかもしれんけど、どうしても連れて行きたかった」

好子は夫妻をおとうさん、おかあさんと呼ぶ。好子の両親は九年前に相次いで病死し、唯一の身内の姉は福岡に嫁いだので、花房夫妻を実の親のように慕っている。

「内緒にしとるんか」

「おとうさんの体調を見ながら、前の日に言うねん」

好子がにっこりした。

「泣いてよろこぶわ」

「さっき、あなたが家の話をしたあと、おかあさんがキッチンで涙を拭ってた」

「あの家にはわいの思い出がぎょうさん詰まってる」

「うちも……」

好子が空を見あげた。

しばらくすると好子の眼が光った。

「どうしたんや」

好子が顔をふり、指先で眼の端を押さえた。

白岩は黒い川にため息をおとした。

好子と出会って二十九年になるが、その間に三年の空白が二度あった。

白岩が退院した三日後に好子の部屋に招かれた翌日から、花房の粋な計らいで堀川の料亭で再会するまでと、北新地のクラブに勤めているうちに客に見初《みそ》められ結婚したのち、ふたたび花房によって再会するまでの空白である。

その期間のことは好子も花房も語らなかった。

白岩が知らぬ好子の人生である。

それでも、二度目の再会を果たしたとき、もうそばを離れまいと誓った。

──あなたの傷には、わたしの人生が埋まってる──

好子はそう言ったけれど、己の別の人生も埋まっている。

白岩が二十歳の夏に好子を助けなければ、これほどの深手を負わなければ、好子との縁は切れていたと思う。

当時、十九歳の好子は大阪の信用金庫に勤めていた。

ＯＬ暮らしのあと、恋愛をして家庭を持ち、平和に暮らしただろう。

白岩は償いをしたかった。花房の心根に報いたかった。

ためらう好子を説き伏せて北新地に花屋を持たせた。

それから二十一年、つかず離れずの縁が続いている。

「大阪に帰ったらお店に精をだすわ」

「ときどき覗いてるけど、皆、健気に働いとる。おまえの出る幕はないんやないか」

好子がクスッと笑った。

「なんや」

「あなたの知らないことはいっぱいある」

「はあ」

「うちな、毎週のように日帰りしてたのよ」

「……………」

白岩は顔をしかめた。

なんで声をかけんかった。

そう言えなかった。

「ねえ」

好子が川の上流を見つめた。

「出る幕がなくなったらどうしてくれるの」

かるく語尾がはねた。

白岩は浅草の電波塔に視線を移した。

風が二人の間によどみかけた沈黙を攫《さら》った。

「帰ろ」

好子に手をとられた。

白岩は引き摺られるようにして歩いた。


頭は割れそうで、胃は悲鳴をあげている。

きのうは浴びるほど呑んだ。

捌き屋の鶴谷康と遊べばいつもどちらかが酔い潰れる。

六本木の酒場を梯子し、ホステスらを連れて新宿二丁目のオカマバーに行った。どの店でもよく喋り、よく笑った。けれども、なにを喋ったのか、なにがおかしかったのか、まるで記憶にない。いつものようにとなりの女を口説いていたような気もするが、六本木のホステスだったか、おかまだったか、定かではない。

いずれにしても愉快な時間だった。

はめをはずせるのは鶴谷といるときだけで、鶴谷もそうだと思っている。

白岩はベッドをぬけだし水を飲み、白のジャージに着替えた。

有栖川宮記念公園の近くにマンションを借りている。

通路むかいには花房組東京支部の事務所もある。

花房組の二代目を継いだときに設け、三人の乾分を常駐させてはいるが、稼業としての活動はしていない。いわば組織としての面子や見栄のためのようなものだ。

事務所の扉を開けると、雑音が耳に響いた。

支部長の佐野《さの》裕輔《ゆうすけ》が白岩に気づき、掃除機の音を消した。

「すみません。おめざめになる前に済ませる予定だったのですが」

「そんなことで頭をさげるな」

白岩はやさしく叱った。

浴室では古川真吾《ふるかわしんご》が洗濯機に手を入れていた。

奥のキッチンから刃音が聞こえる。

竹内修《たけうちおさむ》が昼餉《ひるげ》の支度をしているのだろう。

白岩はソファに座って緑茶を飲んだ。

佐野が正面に浅く腰をかけ、遅れて古川がならんだ。

佐野が神妙な顔をした。

「先代のご様子はいかがですか」

「おまえは顔を見せてへんのか」

去年の東日本大震災と原発事故のあとの一時期、花房夫妻が精神的に弱っている様子だったので、ときおり佐野らをむかわせていた。花房はかつての身内や縁者の訪問を拒んでいたのだが、彼らを邪険にすることはなかったようだ。

「ひと月ほど前に、しばらく来るな、と言われました」

「粗相でもしたんか」

「したつもりはありませんが、気にしています」

「せんでええ」

白岩はそっけなく言った。

「理由をご存知なのですか」

「おやっさんは大阪に戻られる」

「ほんまですか」

佐野が眼を見開いた。

「月末か、来月早々か。皆でひと働きせえ」

「おすっ」

佐野と古川が声をそろえた。

そこへ、竹内があらわれ、白岩の前に萩焼の丼を置いた。

うどんの上でとろろ昆布がくねり、分葱《わけぎ》の緑が輝いている。

「うまい」

白岩は黄金色の汁をすすり、ひと声発した。

鰹節に隠れて、昆布の出汁《だし》が利いている。

「おまえらも食え」

ほどなくすると、うどんをすすりあげる音だけになった。

汗をかき、身体が軽くなったような気がした。

おしぼりで顔を拭い、煙草を喫《す》いつける。

竹内がキッチンに引き返し、籐籠を持ってきた。

黄色のまるい果物が入っていた。

「おう、小夏か」

「鶴谷さんにいただきました」

鶴谷は柑橘系が好きで、初夏の小夏と秋の文旦《ぶんたん》は高知から取り寄せている。

竹内がペティナイフで皮をむき、四等分に切るのをくり返した。

小夏は薄皮ごと食べられる。

酸味と甘味が程よい加減で口中にひろがった。

「やつに甘えてないやろな」

「はい。たまに声をかけていただくのですが、丁寧におことわりしています」

「それでええ。あいつとつき合うとろくなことを覚えん」

佐野がうつむいた。笑いを堪えているふうに見えた。

「なんやねん」

「おなじことを……親分とつき合ったおかげで悪い遊びを覚えたと……」

「あいつはわいがおるさかい元気でいられるんや」

「うらやましいです」

佐野が真顔で言った。

白岩は手のひらで膝を打った。

「肝心なことを忘れてた」

「なんでしょう」

「来週の金曜日、三人とも身体を空けておけ」

「引越しの準備ですか」

「花房ご夫妻がおまえらを晩飯に呼ぶそうな」

　三人がえびす顔を見せた。

「おやっさんが感謝してた。おまえらが顔を見せてくれて、気分が和んだと」

「ありがたいお言葉です」

「酒を呑みすぎて粗相をするなよ」

　そう言っているうちにポケットの携帯電話が鳴った。

　白岩は番号を確認し、その場で受けた。

「先日は世話になった」

《水臭いことを言うな。松川も大塚もよろこんでた》

　福岡の須藤の声は硬く感じた。

　頭の片隅で警鐘が鳴りだした。

「なんぞ用か」

《大阪へ行ってもいいか》

「いつのことや」

《おまえの都合がよければあすにでも……》
「あさって以降のほうがええのやが」
《わかった。あさって会ってくれ》
「待ってる」
白岩は電話を切った。
どんな話を持ちかけられるのか。
会うまで、考えたくもない。
自宅に招待され、もてなしを受けた。
それだけが事実である。
すこし思案して携帯電話を鳴らした。
一度の着信音で相手がでた。

ジャージのまま外に出て、仙台坂を広尾方面へ下った。

カフェテラスの片隅で視線をおとしていた木村が首をひねった。

資料を読んでいても白岩の気配を感じとったようだ。

長身の細面で、やさしそうに見えるが眼光は鋭い。警視庁公安部で身に沁みついた習癖と隙のなさは死ぬまで消えないだろう。

　白岩が座ると、ようやく眼がやさしくなった。

「ここでお会いするときはいつも二日酔いのようですね」

「きょうが二度目やないか」

「一年ぶりなのに一週間前のことのようです」

「そんな台詞はおなごに言わんかい」

白岩は、ポニーテールのウエイトレスにアイスココアを注文した。

木村が意外そうな顔をした。

「好みが変わったのですか」

「わいの気分はおなご次第や」

　ほんとうは甘いものがほしかった。近ごろは身体がそれをほしがる。疲れを感じると帰宅途中にコンビニエンスストアへ寄り、餡蜜《あんみつ》やみたらし団子を買うことがある。まのびした顔でそれらを食べる様はとても若衆に見せられない。

「データに入力しておきます」

「うるさい。それより、追加の報告をしろ」

　木村が資料を鞄に戻し、表情を引き締めた。

「中村の娘婿、西谷洋の正体は西勇会幹部の隠れ舎弟で間違いありません。博多の中洲でホステスのスカウト業を始めたのも、博栄商事に入社したのもその幹部の口利きでして……西谷は会社員になるのを嫌がっていたという証言もあるので、幹部が資金源確保のために送り込んだ……警察はそう読んでいます」

「幹部の名は」

「滝本知徳《たきもとともの り》です」

「若頭か」

「十年戦争の陣頭指揮を執っているとか」

「あれだけ派手にやって、一度もパクられてないのはどういうわけや」

西勇会と共栄会の抗争では双方に複数人の死者がでて、民間人も犠牲になっている。二年前には福岡県が全国初の暴力団排除条例を制定したにもかかわらず、抗争は継続しており、和解の兆しも、仲介人があらわれたとのうわさも聞いたことがない。

「滝本は凶暴なだけではなく悪知恵が回るそうです。県内各地でおきた抗争事件での犯人検挙率はおどろくほど低いのです」

白岩は、先に送られてきた報告書の内容を思いおこした。

筑紫ファーム設立までの過程と、中村が筑紫ファームの役員会で西谷を自分の代理にしたいと発言して以降の騒動の顚末が詳細に記されていた。

「警察は筑紫ファームの騒動を把握してるんか」

「暴力団対策課と西勇会専従班が内偵捜査をしているとか……しかし、県の暴力団排除条例のおかげで民事に介入しやすくなったとはいえ限界があります。被害届がでなければ滝本どころか、西谷を引っ張ることもできないでしょう」

「威しをかけてるんやないのか」

「言葉巧みだそうで……殺すとか痛めつけるとか、乱暴な発言はなく、おまけに一応は民間人なので、警察は動きようがありません」

「難儀やのう」

声が沈んだ。

さっきの須藤の電話が気を重くしている。

受けた恩義は返す。頼られればそれに応える。

これまでもそうしてきた。

けれども今回は煩わしい気持ちが先にある。

西谷をこらしめるのに一分も要らないだろう。

西勇会の滝本が矢面《やおもて》に立てば、もっと単純な方法で解決できる。

しかし、木村の話を聞くかぎり、西勇会がしゃしゃりでるとは思えない。でてくれれば簡単だが、それでは身内の和田や石井らが黙っているはずもない。

「騒動にかかわるおつもりですか」

「ん」

「自分に連絡された前日、筑紫ファームの須藤社長の家に行かれたそうですね。頬に傷のある男が須藤の家を訪ねてきたとうわさになっています」

「大学の同級生や。遊びに来いと誘われた」

「それは……」

木村が声を切った。

「すみません」

「かまへん。おまえの言いたいことはわかる。承知の上や」

木村が姿勢を正した。

「叱られるのを覚悟で言います。今回ばかりは酔狂をひっこめてください。相手がどうのではなく、場所が悪すぎます」

「忠告は胸に収めとく」

「西勇会の内情ですが、長引く抗争と警察の兵糧攻めのせいで台所は火の車のようで、市井《しせい》の金融業者には企業舎弟のものと思われる手形が大量にでまわっています。警察はそのことを把握しており、西勇会を解散に追い込むのも近いと考えているようです」

「のんきなことや」

白岩は呆れ顔で言った。

多くの暴力団がどんなに苦しい状況に追い込まれようと解散しないのは、堅気になったとしても民間人には戻れないからである。

しかし、己が蘊蓄を垂れる立場にないことはわかっている。

「愛媛の道後一家の動きですが、残念ながら情報が集まりません。現時点で得ていることはあなたも承知されていると思います」

「ご苦労やった」

白岩はポケットの封筒を手渡した。五十万円が入っている。

木村が紙幣をとりだして数え、二十万円を封筒に戻した。

「これはお返しします。耳で得た情報なので多すぎます」

「福岡県警に借りができたやろ」

「どこの警察本部ともギブ・アンド・テイクの関係を維持しています」

木村がすこし胸を張った。

白岩は無言で封筒を手にした。
誰であれ、ふれてはならない男の矜持《きょうじ》はある。

第三章　必然の先

花房組本部事務所の私室にはあまい香りが充満していた。

ソファ脇のサイドテーブルはいつも変わらぬ百合の花だが、サイドボードの上と窓際の飾り棚にはふっくらした牡丹《ぼたん》の花が活けてある。

白岩は、ソファに座り、傍らの百合に眼をむけた。

視線の端に等身大の立ち鏡がある。

先代の花房が愛用していた代物《しろもの》で、でかけるさいはその前に立ち、髭の剃《そ》り残しがないかまで己の姿に見入っていた。

鏡の真ん中に真紅の牡丹が映えている。

すこし身体の位置をずらし、百合と牡丹をならべた。

きょうの昼前に花屋の店員が活けに来たという。

好子のよろこぶ顔が鏡にうかんだ。

おとといの勝鬨橋での好子のひと言が鼓膜によみがえった。

――出る幕がなくなったらどうしてくれるの――

どうもせん。

そう言い返せなかった。

手をつないで歩いているうち好子の手のひらが汗ばんでいるのに気づいた。

あれは自分の冷や汗ではなかったか。

好子と別れ、タクシーに乗ったあと、そんなことを思った。

ドアが開き、金子克がどかどかと入ってきた。

うしろに和田信がいる。

「面倒がおきたんか」

正面に座るなり、金子がしかめっ面を近づけた。

脇に腰をかけた和田の表情も硬く見える。

「おまえらは面倒が好きやのう」

白岩は笑いながら言った。

「なにを言うねん。兄貴が面倒をかかえ込むのやないか」

「わいは普通に生きとる。ところで、石井はどうした」

「それが……連絡がとれません」

和田が心配そうに言い、金子があとを受けた。

「きのう用があってケータイにかけたのやが、留守電になってた。さっき和田から兄貴の伝言を聞いたあともつながらんかった。兄弟の事務所に連絡したら、この二日間は事務所に来てなくて、連絡もないと言われた」

「事務所の連中は案じてないんか」

「兄弟がケータイを嫌いなのは知ってるやろ。メールもやらん。事務所の子分らが万が一のためにケータイにはでてくれと拝み倒してるそうやが、兄弟は受けつけけん」

「時代遅れも甚だしいわ」

そう言ったものの、白岩もメールは苦手である。届いたメールに、はいとか、うんとか、簡単な文字を打ち込む程度で、文字変換などの操作は使いこなせない。

「ややこしい事態になってなければええのやが」

「どういう意味や。あいつ、本家の動きに反応してるんか」

「反応どころか、神経をとがらせてる。六代目の思惑はともかく、門野は……おととしの好子さんの件もある。機会があれば殺す気でおると思う」

「あほか」

吐き捨てるように言ったけれど、おなじ危惧は持っている。

「愛媛に行くとは言うてなかったか」

金子が首を左右にふった。

「石井の人脈で福岡の西勇会に近い男がおるのを知ってるか」

「俺もあのとき初めて知った」

あのときとは白岩が福岡から帰った夜のことである。

白岩はゆっくり首をまわした。

――兄貴はじっとしてろ。心配せんでもええ。兄貴の顔を潰すようなまねはせん――

心配いらん。

そう己に言い聞かせた。

石井は真っ直ぐな気質で、血は熱いけれど、極道者の筋目をはずす男ではない。なにより、花房一門を思い、白岩の七代目襲名を熱望している。

「連絡がとれたら、わいが会いたがってると伝えてくれ」

「もちろんや。ところで、東京はどうやった。先代はお元気か」

「もうすぐ大阪に戻って来られる」

「ほんまか」

金子が身体をはねるようにした。

和田は両肩をおとし、息をついた。

金子は歓喜し、和田は安堵したのだ。

白岩は二人を交互に見て、口をひらいた。

「安心したらあかん」

「病状が悪化してるのですか」

和田が眉をさげた。

「そうやないが、がん細胞が消えたわけやない。大阪に帰ってこられても、月に一度は東京で治療を受けることになる」

「快気祝いはできんのか」

金子が残念そうに言った。

「おやっさんの体調と相談して、わいと和田、おまえと石井の四人でささやかな食事会をやるつもりではおる。けど、この話、誰であろうと言うな」

「内緒にはできんやろ。先代と縁の深かった方々も帰られるのを心待ちにしてる」

「それが頭痛の種らしい。引退した自分がいつまでも皆とかかわったらあかんと……わいが頼りないさかい、暗に戒められた」

「そんな……」

和田が口をとがらせた。

「親分は立派に花房組の二代目をまっとうされておられます」

「そうや」

金子が同調した。

「兄貴を本家の跡目に推す声は年をかさねるごとに高まってる。先代の取り越し苦労や。なにせ、兄貴を実の息子のように溺愛してるからな」

「ありがたいことや」

「けど、内緒にしてばれたら古参の組長連中が臍を曲げよる」

「折を見て、自分が話すと言われた」

和田が口をひらいた。

「うちの若衆にも黙ってるのですか」

「戻られる日が決まれば、その前に皆を集めて話す」

「わかりました」

白岩は視線をふった。

それでよろしいか。

立ち鏡にむかって胸のうちで訊いた。

いつも見守られている。

判断に迷うことがあれば、鏡のなかの花房に相談してきた。

「早急に家をさがさなあかんな」

金子の声に、和田がうなずく。

二人とも、白岩が前の家を借りているのを知らないのだ。

「住み慣れた家がある」

和田が身を乗りだした。

「解約されたと聞いていましたが……」

あきらかに不満顔だった。

「わいが勝手に借りた。わいを育ててくれた家や」

頬に傷を負ったあと、しばしば自宅に招かれるようになった。

粉々に砕けた心を蘇生できたのは花房夫妻のおかげである。

大阪大学を卒業する直前には白岩が懇願し、親子盃を交わした。

渡世のそれではない。白岩は花房の義理の息子になることで己のあまさや弱さを消し去りたかった。愛子が媒酌人を務めた。

あのとき、白岩は人として立ち直ることができた。

男としての再出発の日でもあった。

花房組の盃を受けたのは二年後のことである。

そのときもみずから懇願した。

胆が据わったような感覚があった。

「なにはともあれ、めでたいわ」

金子が元気に言い、和田も機嫌を直した。

「どうや、兄貴。三人で祝杯をあげるか」

「おまえはなにかにつけて北新地に行きたがるのう」

「悪いか」

「悪うはない。わいも北新地が恋しい」

「たった二、三日空けて、そうなんか」

「恋は病と言うやろ」

和田が呆れ顔でうなだれた。

和田は無骨で不器用で、酒場では端っこでかしこまっている。白岩の供でなくてもそうしているだろうとは容易に想像がつく。

「和田」

「はい」

「おまえの好みのおなごを言え。わいと金子が太鼓持ちをしたる」

「め、滅相もない」

和田が声をふるわせ、身を縮めた。

それを見て、金子が声を立て笑った。

白岩は眼を細めた。


「あっ」

金子が声をあげた。

北新地のシティホテルで中華料理を食べ、新地本通へむかう途中のことだ。

前方から来る男が右手を挙げた。

一成会事務局長の門野甚六である。

六十七歳にして矍鑠《かくしゃく》としている。夜の街に純白の顎鬚《あごひげ》がめだった。

白岩は歩み寄った。

「奇遇ですね」

「まずいところを見られた」

門野が悪びれるふうもなく言った。

「挨拶もせずにおまえの島で遊んで、すまんのう」

「祇園の芸奴に飽きたのですか」

「そう皮肉を言うな」

門野組は京都にある。本人も京都に住み、もっぱら祇園で遊んでいるという。

白岩は視線をずらした。

門野には連れの男がいた。初めて見る顔だった。六十年配か。上物のスーツを隙なく着こなし、自然体に構えている。

一見して堅気の人だが、門野といれば斜めから見たくなる。

門野が連れに声をかけた。

「紹介しよう。白岩さんや。一成会の若頭補佐をされてる」

「三和《みわ》と申します。門野さんにはなにかとお世話になっております」

白岩は、名刺を見た。

株式会社　京味《きょうみ》　代表取締役　三和秀夫《ひでお》、とある。

「おまえには縁がないだろうが、居酒屋チェーンの社長さんや」

「京味の梅田店には何度か行きました。旨くて安い、それに内装も洒落《しゃれ》てます」

「ありがとうございます」

三和が笑顔を見せた。

「白岩です。あいにく名刺を持ち合わせてなく申し訳ない」

「とんでもありません」

門野が割って入った。

「大阪を歩くのに名刺はいらんわな。北新地で白岩光義を知らん者はおらんやろ」

「祇園の門野さんほどではありません」

門野が視線を金子に移した。

「ひさしぶりやな」

「ごぶさたしております」

金子がぬかりなく返した。

賭博とはいえ、客相手の稼業なので金子は人あたりがよく、機転も利く。

白岩は門野に話しかけた。

「どこか行くあてがおありですか」

「散歩してた。三和さんに話があってな。食事だけで帰るのも心残りで……」

「それなら遊んでください」

門野が眉を寄せかけたが、すぐに表情を崩した。

「新地美人を拝ませてもらおうか」

「わたしは失礼しましょう」

三和のひと言に、門野が反応した。

「そう言いなさんな。これも縁や。浪花の大親分とつき合って損はない」

「わかりました。お供します」

三和のあと、和田が門野に挨拶をして退いた。

本家の幹部と遊びの席をおなじくするのは礼を失する。

白岩は門野と肩をならべて歩いた。

金子と三和がうしろに続いた。

「小耳にはさんだのですが、愛媛の清水組長を見舞われたとか」

「六代目の名代でな」

門野がさらりと応じた。

「どんなご様子でしたか」

「命に別状はなさそうや。歳をとるとあちこち痛くなるとぼやかれてたが、お元気そうに見えた。食欲もあるそうな」

「安心しました」

「先代のお加減はどうや」

「良くもならず、悪くもならず……ご心配をおかけします」

「なんの。花房さんは一成会の功労者や。六代目も気にかけておられる」

門野が如才無く言った。

新地本通を右に折れ、雑居ビルのエントランスに入った。

うしろから声がした。

「門野さん。わたしはやはり失礼します」

白岩は門野より先に声をかけた。

「無理強いはしません。かえって申し訳なかった」

「とんでもない。近々にでもわたしに遊ぶ機会をつくらせてください」

白岩はうなずき、エレベータにむかった。


クラブ・Sのソファに座ってほどなく、門野が小用に立った。

すかさず金子が顔を近づけた。

「三和とかいうおっさん、妙やで」

「ん」

「俺と機嫌よう喋ってたのに、このビルに入ったとたん、むずかしい顔になって」

「行きつけの店でもあるんかな」

「あったかてどうということはないやろ。不義理しそうな人でもなさそうやし」

「三和さんて……」

二人の間にいる楓が言った。

「京味の三和社長のこと」

かるく語尾がはねた。

金子が反応した。

「知ってるのか」

「美鈴さんのお客さんやわ」

「ほう」

白岩は思わず声をもらした。

金子の好奇心がふくらんだようだ。

「それならなおのこと逃げんでもええやろ」

「逃げたと決めつけるな。わいが煩わしかったのかもしれん」

「そんなわけない。門野さんかて堅気には見えん」

　白岩は楓に訊いた。

「美鈴は、まだ九州におるんか」

「さあ。お店には週末からでるそうよ」

「三和は常連か」

「半年くらい前になるかな。ママのお客さんに連れられて……となりに座った美鈴さんを気に入ったみたい」

「門野さんと来たことは」

「ないと思う。うちはきょうが初めて」

　門野が戻ってきた。

「いま、三和から電話があった。おまえにくれぐれもよろしくと」

「長いつき合いですか」

「あいつの父親と仲がよかった。昔は仕出し屋の主《あるじ》でな。バブル経済が弾けたあと、これからは薄利多売やと居酒屋を始めて……それが成功した」

「門野さんの知恵ですか」

「俺に商売のことがわかるもんか」

「けど、頼りにされてる」

「まあな」

門野がまんざらでもなさそうに顎鬚をなでた。

金子の眼が笑っている。

門野は守銭奴だと言いだしたのは金子である。

門野が楓に声をかけた。

「美鈴という女はおるか」

「きょうはお休みですが、お知り合いなのですか」

楓がさっきの話などなかったような顔で訊いた。

「いま話した三和にSというクラブで遊んでると言うたら、美鈴を席に呼んでやってくれと頼まれた」

「もしかして京味の三和さんですか」

「知ってるんか」

「二、三度、お席についたことがあります」

白岩は感心した。

楓のとぼけぶりは見事だが、水商売のプロなら当然ともいえる。

それより、門野のそつのなさに恐れ入った。

白岩は、門野が三和に電話したと思っている。

エントランスでの三和の対応が不満だったのだろう。

「美鈴はどんな女や」

「美人て言うより、色っぽい子かな」

「男好きのする顔か」

「そうですね」

「どこの生まれや」

「大分だそうです」

「九州か。九州の女は気が強いと聞いたことが……」

門野が声を切り、なにかを思いついたような顔を白岩にむけた。

「おまえは九州に縁があるか」

「おません。九州がなにか」

「うん」

門野がうなずき、言葉をたした。

「三和から博多に同行してほしいと頼まれた。博多にも祇園というところがあるらしく、そこにチェーン店をだすそうな」

「この不景気に結構なことで」

京味は関西だけでなく、東京や横浜、名古屋にもチェーン店がある。

「しかし、博多はな……」

門野が渋面をつくった。

「門野さんこそ人脈はないのですか」

「ない。それで、おまえに知り合いがおれば紹介してもらおうと、ふと思った」

「あいにくです」

白岩はそっけなく返した。

神経がざわつきかけている。

小用から戻ってきてからの門野の話は、ここにたどりつくためのものだったのか。

そんな疑念がめばえた。


翌日の昼すぎ、須藤健吾が花房組の本部事務所を訪ねて来た。

電話で約束した日時である。

白岩は、正面に座る須藤の顔をじっと見つめた。

顔色がさえず、挨拶のひと言は元気がなかった。

「どうしたんや」

「これか」

須藤が左手の指でくちびるの左端をさした。

その部分が赤黒く腫れている。右の頬骨のあたりも赤紫になっている。

「殴られた」

声に力がなく、眼には落ち着きが感じられない。

「西谷か」

「違う。きのうの夕方、大阪に来て、大学時代の友人と食事をしたあとミナミに誘われて呑んだのだが、そとにでたところで見知らぬ男に……」

「喧嘩か」

「そうじゃない。肩がぶつかって、いきなり殴られた」

「相手はどんな野郎だ」

「チンピラふうの……いや、よくわからん。一瞬の出来事で、友人も何が何だかわからず声がでなかったと……二人連れだったのはたしかで、殴ったのは若いほうだった」

白岩は凄むように須藤の眼を見た。

須藤の瞳がゆれた。

恐れているような気がした。

いまごろになってようやく白岩の正体を知ったか。あるいは、殴られたショックを引き摺っているのか。

若衆が冷茶を運んできた。

白岩はひと口飲んでから訊いた。

「なにを言われた」

「えっ」

「ささやかれたんやないのか」

「命を……たしか、大事にしろと……俺が尻もちをついたとき、年配のほうが耳元で言ったのだが、気が動転して、よく覚えてないんだ」

「場所はどこや」

「宗右衛門《そうえもん》町のバーをでて、道頓堀の橋にむかう途中だった」

「周りに人はいたか」

「大勢いた。けど、気づかない人も多かったと思う」

「警官は来んかったか」

「通報しなかった。友人は警察に行こうと言ったのだが、俺が止めた」

「なんで」

「事件沙汰にする気はない。ただの傷害事件として扱われるのなら問題ないが、マスコミに知れれば、福岡に飛び火するかもしれない」

「どういうことや」

「地元の新聞社が我が社のゴタゴタに気づいて嗅ぎまわっているらしい。きのうの件と関連づけて書き立てられるのはこまる。それでなくても社内には動揺がひろがってるんだ」

「西谷の難癖がひどくなったのか」

「あいかわらず言葉巧みで、警察の介入を警戒してるのだろう。ちかごろは役員だけではなくて、筑紫ファームに参加してる農家を個別に訪問し、自分が経営に参加する意義を説明している。もちろん、農家は全員が反対なのだが、無言の圧力と言うか、露骨に反対すればなにをされるかわからないという怯えがあるので黙って聞いてるそうだ」

「義理の父親の中村も同行してるのか」

「ああ。けど、ほとんどそばにいるだけで、ものは言わないとか」

「ないないづくしやな」

白岩は突き放すように言った。

須藤が前のめりになった。

「そう言わんでくれ。のどかな村で静かに暮らしてきた連中なんだ。面倒事になって、会社なんてつくらなければよかったと言いだす人もでてきた」

「会社を潰せばどうなる」

「えっ」

須藤が眉根を寄せた。

「そうしろと言うてるわけやない。例えば、いったん会社を畳み、やりたい者だけが集まって新会社を設立する手もある」

バブル崩壊後の経済界の混乱時には、偽装倒産や名義の譲渡が多く行なわれた。大半は多額の負債から逃れるとか、警察や国税庁の追及をかわすのが目的であった。

「それはできない」

須藤が息をつき、言葉をたした。

「筑紫ファーム設立の背景には国の農業政策がある。平成十一年の『食料・農業・農村基本法』に農業経営の法人化の推進が謳われ、企業化のための資金調達が容易になった。筑紫ファームも設立資金の大半を国と県の補助でまかなっていて、会社の運営資金や設備投資にはすでに数億円を費やしている」

「会社を潰せば莫大な借金が残るわけか」

「そういうことだ。当然、新会社を設立しようにも公的機関の補助は受けられない」

「厄介やのう」

　白岩はひと呼吸おいた。

「役員会で中村を解任するか、中村の土地を買い取るかのどっちかやな」

　須藤が激しく頭をふった。

「前にも言ったが、中村さんの土地は機械化と合理化を進めるうえで絶対に欠かせない。買い取るにしても、むこうが売りたいとも言わないうちに我が社が提案すれば土地の値をつりあげられるに決まってる」

「おい」

　乱暴なもの言いになった。

「わざわざ大阪までなにをしに来たんや」

「そ、それは……相談に……」

「あれもだめ、これもあかんでは相談もクソもないやないか」

　須藤が眉をさげ、うらめしそうな眼をした。

　同窓会や自宅での宴会のときの元気のよさは跡形もなく消えている。

白岩はますます腹が立ち、気遣いを忘れてしまった。

「わいに西谷を黙らせたいんか」

「そこまでは……でも、助けてほしい」

「ほな訊くが、覚悟はできてるんか」

「覚悟……」

「そうや。わいが表に立てば、西谷は退く。けど、西谷のうしろには西勇会が控えとる。わいに戦争を仕掛けるか、なりふりかまわず筑紫ファームを標的にするか。どっちにしても、警察が介入し、マスコミが騒ぎ立てる。それに対しての覚悟や」

「穏便には済まされないわけか」

須藤が肩をおとした。

自分らが無傷ならそれでええんか。

かろうじて、そのひと言は胸に留めた。

己の行動に対する責任がある。

招かれるのも頼られるのもおなじと腹を括って九州へ行ったのだ。

極道者に声をかけてくれる人がいるだけでもありがたいという思いは常にある。

そのうえで、須藤一家には一宿一飯の世話になった。

「どうだろう」

須藤が遠慮ぎみに言った。

「最後の交渉に立ち会ってもらえないか」

「最後とはどういう意味や」

「もう時間的な余裕がない。今月中には麦の収穫がおわり、来月からは会社の方針に沿って田畑を整理し、本格的な近代化にとりかかりたいんだ」

「わいが立ち会えば、西谷が色めき立つ。ひいては、西勇会が動く」

「中村さんには差しの話し合いを求める」

白岩は首をまわした。

腑に落ちないことは山ほどある。

二者会談に立ち会えとの要望は突然のひらめきではないだろう。

誠意と努力のかぎりを尽くして中村との交渉にあたってきたとは思えない。

警察の介入も、やくざ者の攻撃もいやで、会社と我が身を護りたい。

そんな思惑が透けて見える。

それでもむげには追い返せない。

白岩は須藤を見据えた。

「結末には責任を持てん。それでもええのなら言うとおりにする」

「ほんとうか」

須藤の声に元気がでた。

「リスクを負う覚悟ができて、中村が応じたら連絡くれ」

「わかった。助かる。恩に着る。このとおりだ」

須藤がテーブルに両手をつき、腰を折った。

白岩は黙って須藤のつむじを見ていた。

胸の疑念はさらに濃くなった。


北新地のはずれにある魚料理の店、銀平《ぎんぺい》は賑わっていた。

鯛めしが評判だが、本店のある和歌山から直送されてくる魚はどれも美味で、それに料金が手頃ということもあってサラリーマンに人気がある。

白岩は個室に入った。

石井の顔を見てほっとした。

思い詰めたときにでる険がなかった。

――ややこしい事態になってなければええのやが――

金子の心配は杞憂だったように思えた。

石井が徳利を差しだした。

「相談事とはなんや」

「はあ」

「俺に会いたがってると、金子が言うたぞ」

「あほか」

白岩は盃をあおった。

「金子や和田が心配してるさかい、そう言うたんや」

「なにを心配するねん」

「金子は言わんかったか」

「なにを」

「連絡がとれんようになった。門野を殺す気やないかと……本気で心配してた」

「あのおっさん、いつかいわしたる」

石井の眼に凶暴な光が宿った。しかし、すぐに消えた。

「けど、いまはその時期やない。約束したやろ。兄貴の顔を潰すようなまねはせん。そのうえ先代が帰られるのに騒動をおこすわけにはいかん」

「おまえもまるくなったのう」

白岩が笑うと、石井も眼の周りに皺《しわ》を刻んだ。

六種類の刺身を肴に酒を酌み交わす。

金子は牛肉、石井は魚と好みは違うけれど、二人ともよく食べる。きょうの石井はいつにも増して食欲が旺盛で、見ているほうが満腹になる。

煮魚の骨だけを残して食べおえたところで、石井が顔をあげた。

「愛媛に行ってきた」

いきなりのひと言に箸が止まり、顔が強張りかけた。

「心配せんでええ。入院中と聞いてお見舞いに来たと……岡山の吉本《よしもと》が一緒やった。吉本は清水さんと四分六分の兄弟盃を交わしてる」

「おまえは、あのあと吉本と縁ができたんか」

「そうよ。アンチ門野で仲良うしてる」

おとどしのことだ。清道会《せいどうかい》の吉本会長は門野の謀略にはめられ、組織は壊滅寸前に追い込まれた。白岩の機転で危機的状況は脱したけれど、門野の謀略は確証を得られず、うやむやになった。そのとき白岩と吉本の連絡役を務めたのが石井だった。

「清水さんはたいそうよろこんでくれたわ」

「病気はどうなんや」

門野は病名を教えなかった。

「前立腺がんの摘出手術を受けられたそうな。さいわい豆粒ほどのおおきさで、手術は成功したのやが、持病の糖尿病をかかえてるさかい、念のために入院してると……若頭に体力が回復するまで入院するよう泣きつかれたと言うてた」

「浅井か」

「兄貴はつき合いがあったか」

「福岡で挨拶された」

「なんと」

石井が口をまるめた。

白岩は福岡のホテルでのことを簡単に話した。

「清水さんも人がいい」

石井が感心するように言った。

「門野のことを訊いたのか」

「清水さんのほうから話してくれた。六代目の名代としての見舞いだったそうだが、門野に福岡の西勇会との橋渡しを依頼されたそうで……ためらったのだが、稼業のややこしい話ではなかったので受けたそうだ」

「ふーん」

白岩は、昨夜の門野とのやりとりを反芻《はんすう》した。

――おまえは九州に縁があるか――

――おません。九州がなにか――

――三和から博多に同行してほしいと頼まれた。博多にも祇園というところがあるらしく、そこにチェーン店をだすそうな――

――この不景気に結構なことで――

――しかし、博多はな……――

――門野さんこそ人脈はないのですか――

――ない。それで、おまえに知り合いがおれば紹介してもらおうと、ふと思った――

あの狸め。

白岩は胸のうちで毒づいた。

あのときの疑念は確信に変わりつつある。

「浅井とも会うたんか」

「いや。清水さんには、夕方までいろと……浅井に遊びの供をさせると言うてもろうたんやが、そんな厚かましいことはできん」

「二人の絆は深そうやな」

「俺もそう感じた。清水さんは全幅の信頼を寄せてるみたいや」

「なかなかの男と見た」

「そうか。それを聞いて安心した」

「そやから言うたやろ。邪推はやめとけ」

「安心はしたが、油断はできん」

石井が真顔で言った。

「門野は寝業師や。巧《うま》くごまかして、西勇会との縁をつなぐ腹かもしれん」

「たとえそうでも、清水さんの顔に泥を塗るようなことがあれば浅井が黙ってへん」

白岩は、きのう門野と呑んだことも、京味の三和のことも話した。

途中から石井の眼が三角になった。

「金子の兄弟、そんな話をせんかった」

「おまえの頭が沸騰すると思うて言わんかったんやろ」

「気に入らん。いや、兄弟のことやない。兄貴に紹介しろとは……あのクソおやじ、よくもしゃあしゃあとぬかせるもんや。兄貴を舐めてるばかりか、二股掛けるとは清水さんの顔を潰すのも同然やないか」

「話のついでや。本気で言うたわけやない」

本心そう思っている。

しかし、あの会話の裏にはなにかが隠されていたような気がする。

おひつが運ばれてきた。

蓋をとると、ほのかな香りがひろがった。

めあての料理は最後の最後にでる。

「ええにおいや。たまらん」

開け放たれたドアから男が入って来て、大声をあげた。

大阪府警南署の暴力団対策係の主任、尾崎《おざき》警部補である。

彼は以前、花房組本部事務所を所管内に持つ曽根崎署に勤務し、白岩とは気心の知れた仲で、しばしば夜の街を一緒に歩いたものである。

暴力団規正法が改正されるごとに警察内の内規も厳しくなり、両者がおおっぴらに接触することはなくなったけれど、腐れ縁が断ち切れたわけではなかった。

マル暴の刑事が実績を挙げるには内部事情を知る必要がある。暴力団も警察や同業者の動向を知るのに警察関係者の情報提供が欠かせない。近年、暴力団の抗争事件や詐欺事件などでの犯罪検挙率がおちてきたのは裏情報が入手しづらくなっているからで、有能なマル暴刑事は長年培った持ちつ持たれつの関係を保っている。

白岩も経済極道と称されたころは大阪府警のあちこちにアンテナを持っていた。

「なにしに来たんや」

石井がびっくりしたように声をかけた。

石井組は南署の所管内にあるので尾崎との縁が続いているという。

「きょうは白岩のお客さんや」

尾崎が臆することなく言い、石井のとなりに胡坐をかいた。

白岩は徳利をさしだした。

「急な頼みで悪かった」

「ほんまやで」

尾崎が盃をあおり、白岩の食べかけの料理をつまんだ。

「それで、成果はあったか」

「あかん。あんたに教えられた場所で聴き込みをしたんやが、近くで商売してる連中は喧嘩騒ぎを目撃してない。ほんまの話なんか」

「わいの知り合いは顔が腫れてた」

「相手の人相とか特徴とか覚えてないのか」

「気が動転したと言うてる。すっ堅気やさかいむりもない」

「なんで警察に通報せんかった」

「訊くな」

白岩は語気を強めた。

「人それぞれ事情がある」

尾崎が首をひねる。さぐるような眼つきになった。

「あんたの一存で俺に連絡したようやが、そのわけも言えんのやな」

「そうや」

尾崎がふうっと息をぬいた。

となりで石井は黙々と鯛めしを頬張っている。

白岩と尾崎も箸を持った。

鯛の旨味と風味を活かした一品は何杯でも食べたくなる。

たちまちおひつは空になった。

白岩は茶をすすって尾崎に話しかけた。

「面倒をかけるが、もうすこし調べてくれ」

「わかってる。さっき生活安全課の仲良しに、あのあたりの防犯カメラの映像を解析するよう頼んだ。ざっと眺める程度なら二、三日で済むやろ」

「殴った相手の素性は調べんかてええ」

「ほう」

尾崎がなにかを悟ったような顔をしたが、声にはしなかった。

爪楊枝《つまようじ》を使っていた石井が顔をむけた。

「兄貴、あんまり面倒をかかえ込むなよ」

「わかっとる」

白岩は短く言った。

石井もそれ以上言わなかった。

尾崎が丸太のような腕を左右にひろげた。

「あしたは非番や。潰れるまで呑むで」

「ひさしぶりにミナミに出張《でば》るか」

白岩は石井のひと言に乗った。

「おう。たまには若いおなごを相手にしよか」

「なんや、まだ残業させる気か」

尾崎がおおげさにため息をついた。

所轄署内の盛り場でははめをはずせないのだろう。

しかも、白岩と一緒でははめだちすぎる。

「なんなら十三《じゅうそう》でもええぞ」

石井がからかうように言った。

梅田の西方にある十三は古くからの庶民の歓楽街である。

今夜も二日酔いになりそうだ。

しかし、門野と呑んだきのうの酒よりは旨くなる。


小気味いい音が庭に響いた。

白の縮みの長袖シャツに紺の菜っ葉ズボン、地下足袋《じかたび》姿の庭師がひょいと地面に飛び降りた。しばし桜の木を見てうなずいたあと、脚立《きゃたつ》の位置をずらした。

小枝が落ち、青葉が削がれ、先刻より空の青が眼につく。

庭師は肩にかけていた手拭《てぬぐい》で顔をふき、器用な手つきで棒状にした手拭をうしろから頭に巻きつけ、額に結んだ。

老庭師の軽やかな動きは拍手をしたくなるほど様になっている。

地面では、若い庭師が腰をかがめ、草をむしっている。

手前の芝はすでに機械で刈り取られ、土と新緑が絶妙の按配になった。

白岩は、花房家の縁側に腰をかけ、煙草をくゆらせた。

この二年間、家を借りたままほったらかしにしていたわけではなかった。

お盆明けと正月前は庭師とハウスクリーニング業者に依頼し、手入れをしていた。

師走《しわす》の三十日には自分で訪れ、新年を迎える飾りつけもした。

花房夫妻が生きて戻って来ると信じて疑わなかった。

此花区のオンボロ長屋は生地で、ここは聖地である。

「よかったですな」

老庭師に声をかけられた。

浅黒い顔が太陽を背にしてよけい黒く見える。

それでも、眼のまわりの皺がよろこんでいるのはわかった。

庭師には花房が帰って来るのを教えていなかった。白岩がここへ来たとき、すでに二人の庭師は仕事に精をだしていたので挨拶だけで済ませた。

「おやっさんが帰られると……」

白岩は声を切った。

この時期の依頼なのだ。老庭師は電話を受けたときにひらめいたのだろう。

「親分にお会いできるのがたのしみです」

「いつからのおつき合いですか」

「この家に越され来年で三十年。その以前の家でも声をかけていただきました」

「ほう」

思わず声になった。

老庭師の記憶力のよさにおどろいた。

花房に親しみを覚えているのか、この庭に愛着が沁みついているのか。

どっちにしても、縁を大切にする人なのはわかった。

「初めて呼ばれたときは、まだ見習いの身でしてね。姐さんに昼飯をたらふくご馳走になって、甚《いた》く感激しました。暮れには親方に内緒で餅代をいただきました」

話を聞きながら、白岩は何度もうなずいた。

自分にも経験がある。

そのひとつひとつが鮮明にうかんだ。

「あれよあれよと言う間に大親分になられて、自分も励みになりました」

白岩は声がでなくなった。

開けっ放しの門から好子が入ってきた。

キャップを被《かぶ》り、白と橙《だいだい》のチェックのシャツの下はジーンズにスニーカーだった。

白岩は、北新地の花屋で慌ただしく動きまわる好子の姿を思いだした。

「大阪はもう夏やね」

キャップをとると笑顔がひろがった。

好子とはきのう電話で話をした。

花房家の掃除は乾分にやらせると言ったのだが、好子は自分がやると言い張った。

男には気づかぬこともあるのだろうと、むりに反対しなかった。

したところで、あっさり退《ひ》くような気質ではない。

「東京は大丈夫か」

「お二人ともとても元気よ。子どももみたいな顔になってる」

「よかった」

「わたしも、間に合ってよかった」

「ん」

「十一時前に大阪に着いたんやけど、デパートであれこれ迷って……」

好子が手提げバッグと紙袋を縁側に置き、紙袋の中身をとりだした。

「親方」

好子が声をかけた。

「よろしかったら食べてください」

二段重ねの弁当箱をさしだした。

「姐さん。ありがとうございます」

老庭師が受けとり、弟子を立たせた。

「ちと早いが昼飯にするで」

「はい」

若者が顔をほころばせて好子に近づき、礼を言った。

老庭師が白岩を見た。

「では、一時間ほど休ませていただきます」

二人の庭師がそとにでた。

とたん、好子が眼を糸にした。

「初めて言われた」

「はあ」

「姐さんて……」

そう呼ばれたいんか。

もうすこしで声になるところだった。

好子が弁当の包みを解《ほど》く手を止めた。

「忘れてしもうた」

「なにを」

「ガスは通ってるの。水道は」

「ぬかりない」

「待って。すぐに用意する」

好子がスニーカーを脱ぎ、居間を横切った。

白岩は立ちあがって門の近くに寄った。

緑が茂る低木に白いつぼみがある。

くちなしの花だ。

花房は酒場で酔うと、渡哲也の『くちなしの花』を歌った。

白岩が部屋住みのころは毎日、浴室から花房の唸り声が聞こえた。花房は大の風呂好き、浪曲好きで、広沢虎造のファンであった。

歌謡曲は『くちなしの花』しか聴いたことがない。それも機嫌よく酔ったときしか歌わなかった。歌うと決まって眼がにじんだ。

この家でその話を愛子にしたときのことを思いだした。


「刑務所で覚えたそうや」

愛子が笑い、庭の隅を見た。

「あそこに咲いてる白い花がくちなしや」

「思い出の花というわけですか」

「にがい思い出や」

「いつごろのことです」

「昭和五十年……花房の転機の年やった。組のために六年間お勤めをして、娑婆《しゃば》に出てきたら組に花房がおるところはなかった。若頭の座を約束されてのお勤めやったのに、服役中に親分が急逝されて、代が替われば舎弟になるはずの男が跡目を継ぎ、己の子飼いを若頭に据えてた。花房は悩んだ末に独立を決意したんや」

独立したときは七人の若衆だったと聞いている。

白岩が花房と出会ったのは昭和五十九年の夏である。

四年後、白岩は二十四歳で花房組の若衆になった。

そのころすでに花房組は一成会のなかで五指に入る組織に成長していた。

極道稼業に努力という言葉があてはまるかどうかわからないけれど、血を吐く思いで若衆を育て、組織を育てたに違いない。

「花房なりに苦労はしてたが、苦労すれば報われるほど甘い世界やない。頑固で人づき合いが下手な花房がここまでのしあがれたのは、人や……人に恵まれた」

しみじみとした口調だった。

「おやっさんの人徳です。そればかりは真似のしようがありません」

白岩は真顔で言った。

愛子がじっと見つめ、やがて笑みをうかべた。

「おまえは幾つになった」

「二十六になります」

「その歳でつまらんことを口にするな。徳は天性のものやない。己で判断できるものでもない。おまえは自分の道をまっすぐ歩け」

「道を知りません」

「あたりまえや。おまえが歩いたあとが道になるねん」

「おやっさんが歩いてこられた道を歩いてはいかんのですか」

「あほが。二度と口にするな」

愛子の双眸《そうぼう》が光った。

白岩は身を縮めた。

あのとき以来、白岩は愛子の前では緊張するようになった。


「なにしてんの」

背に声がした。

「食べよ。うちペコペコや」

白岩は縁側に戻り、胡坐をかいた。座布団が用意されていた。

「しっかり食べて、手伝うて」

「なにをするねん」

「うちは洗濯と掃除よ」

「洗濯て、服はないで」

「そやさかい男はあかんねん。押入れにお布団やタオルがあったよ」

「わいが処分せんかった」

「それは褒めてあげるけど、一度も干してないでしょう」

白岩は視線をおとした。

弁当はステーキ重で、下段にはサラダもフルーツもある。

好子のほうは箱鮨だった。

「なんや。鮨なら晩にでもたこ竹に連れて行くのに」

「夜は息子と約束してる。去年の秋に東京で会うたきりなのよ」

好子の一人息子は製薬会社に勤めている。

「そら、たのしみやな」

白岩はやさしく言って、箸を手にした。

「うちもここに住もうかな」

食べおわって、好子がつぶやくように言った。

白岩はあっけにとられた。

十年前に好子は玉造《たまつくり》にあるマンションを買った。

「家はどうするのや」

「会うてみなわからへんけど、彼女を連れてくるみたい」

「結婚するんか」

「うちに会わせるって、そういうことやと思うてる」

「まだ二十四やなかったか」

「恋愛に歳は関係ない。けど、お給料は安いし、生活できるか心配なの」

「マンションをやるつもりか」

「そこまで甘やかせへん。結婚するのなら安く貸そうかと……」

「それでも甘い」

「言われると思うたわ」

好子が笑った。

「ほんまは、うちがおとうさんやおかあさんと暮らしたいのよ。東京に二年いて、ますます実の親に思えてきた。それに、ここはうちが生まれ変わった場所やねん」

「どういうことや」

「あなたと二度目の再会をした日のこと、覚えてる」

語尾がはねた。

「ああ。おやっさんにすぐ来いと言われて……おまえを見てびっくりした」

「うちも」

好子の声がはずんだ。

「聞いてなかったさかい、心臓が破裂しそうになった」

「………」

「恥ずかしくて……あなたに合わせる顔がないと……」

「もうええ」

好子が激しく頭をふった。

白岩は好子を見つめた。瞳のなかに己がいた。

「おとうさんにもおかあさんにも、あなたにも……たくさんの愛情を注いでもらっていたのに……うちは、眼の前の幸せに走った」

「幸せと感じたときもあったということや」

白岩は湧き立つ感情を堪え、静かに言った。

好子がとまどうように瞳をゆらした。

そのなかにいる白岩もゆれた。

視線を芝生に移した。

両端に刈り取った草が山になっている。

「人は赤児のままではおれん」

「えっ」

白岩は芝を指さした。

「こんなちいさな草にもいらんものがつく」

　好子が小首をかしげた。

「それは人間のわがままな考えやないのかな」

「ん」

「草はもっと伸び伸び成長したいのかもしれんやない」

「なるほど。虫がつこうが、重みで撓《たわ》もうが、それが自然の姿やいうことか」

「えらそうに言って、ごめんね」

「かまへん。勉強になった」

「そんな……うちは間違ってばかりやのに」

「算数とは違う。正解か不正解か、薄皮一枚の裏表や」

　思いつきの言葉ではなかった。

　判断に迷うたびに、覚悟がぐらつくたびに、そう思う。

　サイコロに喩えれば、一に上るか、六に沈むか、二、三、四、五をうろちょろするか。

　どれがその人の幸せなのか、わかるはずもない。

「そうね」

　好子がちいさく息をぬいた。

白岩は庭に視線をむけた。

好子の眼を見ているうちに胸が痛くなった。

しばらくして好子の声がした。

「あなたと会うたときはもうひと月近く、この家でお世話になってたのよ。うちの心の疵《きず》が癒えるまで、顔を見ても泣かんと思えるようになるまで、あなたを呼ばなかったと……あとでおかあさんに教えられた」

「ふーん」

白岩は庭を見たまま曖昧に応えた。

苦手な話である。だから、つかず離れず好子のそばにいると覚悟したあとも、自分の知らぬ好子の過去を訊かなかった。

話題を変えようと思ったが、過去の記憶がよみがえり、それを拒んだ。

あの日、花房家の庭には白菊が咲き乱れていた。

白岩は、居間に入るなり棒立ちになった。

花房の前に座る好子の、喩えようのないまなざしにうろたえた。

声もでなかった。

「座らんかい」

花房のだみ声に意識を戻し、好子の横にかしこまった。

「男がうろたえて、みっともないわ」

花房が茶化した。

「男はそんなもんや」

愛子がお茶を運んできて、そう言った。

「あんたもわての前では借りてきた猫やった」

「そんなことあるかい」

花房の抵抗も愛子にはつうじなかった。

「男は純なほうがええ。わては初心《うぶ》なあんたに惚れたんや」

「うるさい」

花房の狼狽《ろうばい》ぶりを見てようやく身体がほぐれた。

愛子が去ると、花房は元の表情に戻した。

「これから話すことはすぐに忘れえ」

「はい」

「好子は離婚した。理由を知りたいか」

「いえ」

花房がこくりとうなずいた。

「いろいろあったが、面倒事は片づいた。ひとり息子は好子が育てる。元の亭主と養育費の話もしたが、あてにせんほうがええ」

「お世話になりました」

白岩は深々と頭をさげた。

知らなかったとはいえ、自分の役目を花房にやらせたような気分になった。

「この先はここで一緒に暮らそうと思う」

「それは……」

「不服か」

「しばらく考える猶予をください」

「なにを考える」

「いまはわかりません。けど、好子との縁の根っこは自分です」

花房の眼が据わった。

白岩はしっかり受け止めた。

なぜか、心は静かになっていた。好子の息を潜める気配も感じとった。

しかし、この先どうするという考えには及ばなかった。

花房の視線がそれた。

「好子はどうしたい」

わずかな間が空いた。

「おまかせします」

「まかせる……おまえの意思はないんか」

怒るもの言いではなかった。

「しくじってばかりで……そんなものは持たないほうが……」

「わかった。で、どっちにまかせる。わしか、光義か」

「白岩さんに……」

聞きとれないほどの小声だった。

そのまま好子がうつむいた。

「それでええ」

背後でどすの利いた声がした。

愛子が花房と白岩の間に座った。

「光義っ、女を抱いてよろこばすのが男の甲斐性やないぞ」

白岩は眼をしばたたいた。

ややあって、花房の高笑いが部屋に響いた。


白岩はくちなしの木を見た。

白いつぼみがいまにも弾けそうに感じる。

「いつ帰られる」

「あれ」

好子もくちなしの木のほうをむいた。

「おとうさんはくちなしの花を見たいって……おとといスカイツリーに昇って、西のほうを見ながらそう言ったの」

「つぎの治療はいつや」

「来月の四日よ」

「ほな、大丈夫や。それまでに花は開くやろが、けっこう長持ちする」

「そう伝える。もういつでも帰れる準備はできてる」

「たのしみや」

庭師が戻って来た。

「お邪魔ですか」

「とんでもない」

好子が腰をうかした。

「うっかりしてお茶の準備をせんと、ごめんなさい」

「とんでもおまへん。昼間から贅沢させてもらいました」

「芝のほうは使ってもかまいませんか」

「はい。芝はもうばっちりです」

好子が白岩に顔をむけた。

「物置から竿をとってきて。うち、布団をだしとくさかい」

好子が手早く縁側を片づけて去った。

「しっかりした姐さんですね」

老庭師がにこっとした。

白岩は苦笑をもらした。


陽が沈み、好子をＪＲ梅田駅まで送って事務所に戻った。

ゆっくりと湯船に浸かったあと、乾分の賄い飯を食べた。

でかける気にならず、自宅に帰るのも億劫だった。

「ひさしぶりに遊んでもらえますか」

和田が将棋盤をかかえて来た。

「小遣いがほしいんか」

「はい」

和田の趣味は釣りと将棋で、とくに将棋をやるときは眼が別人になる。夜の街にもでかけるけれど、下戸《げこ》に近いのでひとりでは遊ばないそうだ。

和田ほど若頭らしくない若頭はめずらしい。

一日の大半を事務所で過ごし、独り身の気楽さなのか、会計士の真似事をしたり、部屋住みの若衆相手に花札をして、事務所を去るのはいつも深夜だという。

同業者が知れば、それでよく二千三百余名を束ねる役目が務まるものだと思うだろうが、白岩は安心しきっている。若衆らも和田を慕っている。それでも白岩の見えぬところで箍《たが》はしめているようだ。顔に痣《あざ》をつくった若衆を何度か見ている。

花房によれば、花房組を立ちあげたころの和田は手に負えないやんちゃ者で、面倒がおきるたびに和田の暴走を止めるのに苦労したらしい。

白岩の将棋はヘボの下を行く。それなのに、水割りを呑み、テレビ中継の野球に眼がむくので、盤面に集中する和田に勝てる道理がなかった。

花房組の二代目に就いてから和田と将棋を指し始めたのだが、〈角〉をおとしても、〈飛車〉をおとしても、そのどちらかに加えて〈香〉をおとしても、勝ったことがない。

一度、〈角〉と〈飛車〉の二枚をおとすよう言ったが、あっさり拒否された。

そのとき初めて、和田の気質を知った。

負けず嫌いなのだ。

三番やって飽きた。

「おまえは手加減を知らんのか」

「はい」

「わいはおまえの親や。親は労《いた》わるもんやろ」

「勝負事に親も兄弟もありません」

「よし、わかった。丼を持って来い」

和田の眼の周りに皺が走った。

「なんやその顔は。わいがカモに見えるんか」

「めっそうもない。本気の親分と勝負できそうでワクワクしてきました」

「おまえの給料、かっさろうたる」

和田は自分の組を持たない。数人の乾分がいて、それぞれにはしのぎを持たせているけれど、自分ではしのぎをかけない。

白岩は、本部に集まる上納金から一流企業の部課長クラスの年収分を渡している。

チリリンと賽《さい》が鳴いて、チンチロリンの開帳となった。

まるで目がでなかった。

和田の胸ポケットはふくらむ一方である。

白岩は熱くなってきた。

そもそも賭け事を好まず、将棋もチンチロリンも暇潰しなので、勝負にもカネにも執着しないのだが、今夜はなぜか血が騒ぎだした。

白岩は一万円を張った。

親番の和田がにやりとし、三個の賽に息を吹きかける。

そのとき、携帯電話が鳴った。

相手の番号を確認したとたん、高揚がさめた。

「白岩や」

《夜分に申し訳ない》

須藤の神妙なもの言いが神経にふれた。

《月末に来てもらえないだろうか》
「わかった」
きょうは二十四日なので一週間先のことだ。
《そうか》
安堵の気配が伝わった。
「先方と約束とれたんか」
《その日の夜なら都合がいいと言われた》
「わいが同席することは」
《話してない。ことわられるのは眼に見えてる》
「念を押すが、そのあとの責任は持てん」
《わかってる。立ち会ってくれるだけでいい》
「あんまり期待するな。中村はどうでも、娘婿には事情と面子がある」
《俺なりに悩んだ結果だ。リスクを負う覚悟はできた》
「ええやろ。会う場所が決まったら連絡くれ」
電話を切り、水割りのグラスをひと息に空けた。
「親分」

和田が普段の顔に戻していた。

「おでかけになられるのですか」

「福岡へ行く」

「と、とんでもない」

和田が眼をひんむいた。

「心配するな。友だちの家に行くだけや。博多には近づかん」

「しかし……なにやら面倒事のようで」

「もめ事の仲裁みたいなもんや。喧嘩にもならん」

「いやいや」

和田が手のひらをふった。

「これまでも些細なことから……」

「言うな」

「ほんとうに博多には行かれないのですね」

「くどいわ」

「ひとつお願いがあります」

「なんや」

「坂本を同行させてください」

「わかったさかい、はよう振れ」

白岩は丼をにらんだ。

心配を引き摺っているのか、和田がおとした賽の音は弱々しく感じた。

しかし、丼の底には〈四〉〈五〉〈六〉がならんだ。

親の勝ちで、もう子は賽を振れない。しかも、倍づけである。

「やめや。でかける」

「お供します」

「おごってくれるんか」

「よろこんで」

「いらんわい」

白岩は立ちあがった。

立ち鏡のなかで赤い花が笑っていた。


あのときとおなじ、浅井俊一の眼は構えたところがなく、涼しげだった。

挨拶をおえて席に着いた浅井はしばし白岩を見つめた。

「どうした」

「さすがです」

「ん」

「このお店が白岩さんを歓迎しているように感じます」

「お世辞はいらん」

もの言いとは裏腹に、ちょっぴりうれしくなった。

ほんの一瞬、浅井が愛子に摩《す》り替わった。

ヒルトンプラザのＢ・ｂａｒにいる。

愛子はその風景のなかにさりげなくおさまっていた。

違うな。

白岩は胸のうちでつぶやいた。

うれしいひと言ではあるけれど、未熟さを思い知った。

「お声を聞きたくなって電話をしたのに時間を割《さ》いていただき、恐縮です」

「わいのほうこそ礼を言う。ひまをどう潰すか悩んでた」

浅井の顔が隙だらけになった。

「大阪に用があったんか」

「うちのおやじの病気のことはご存知ですか」

「先だって石井に聞いた。手術が成功したそうでなによりや」

「自分もほっとしました。ようやく退院の日が決まりまして、お見舞いのお礼とご報告を兼ねて山田会長にご挨拶を済ませたところです」

「快気祝いには呼んでくれ。本来ならお見舞いに行くのが筋やが、病気の親どうし……かえって気遣いが増えると思うて不義理をした」

「とんでもありません。うちのおやじも東京へ行くつもりでいたのですが、花房の先代が固辞されて……お身体を案じております」

「なにしろ頑固者やさかい」

「うちのおやじも頑固では負けていません」

白岩はオンザロックを呑んで話しかけた。

「立ち入ったことを訊くが、博多には門野さんに頼まれて行ったんか」

浅井がとまどいの表情を見せた。

「いやなら応えんでもええ」

「そうではありませんが……石井さんに聞かれたのですか」

「あいつが妙に勘ぐって、気色ばんでる」

「申し訳ないことをしました。石井さんと岡山の吉本さんとお見えになられてうれしかったのか、おやじはつい口が軽くなって……一成会の内情はよくわかっているのですが、お二人に事務局長の話をするとは……あとで聞いて、小言を言ってしまいました」

白岩はうなずき、あとの言葉を待った。

「おやじによると、事務局長は六代目の名代として見舞ったあと、友人が博多に店をだしたがってるので、ついては顔つなぎをお願いできないかと言われたとか」

「西勇会の名を口にしたのか」

「いえ。西勇会へのつなぎだろうと、親父は思ったそうです」

「強引な要請やったんか」

「そうではなかったようです。とはいえ、六代目の名代として来られた方を袖にするのは気が退《ひ》けたと……それに、友人は堅気なので、先方には自分の名をださないほうがいいだろうとも言われ、おやじは深く考えずに引き受けたようです」

白岩は肩をすぼめた。

門野は清水が応諾しなければいけない状況をつくった。

そんなふうにも思える。

浅井が言葉をたした。

「翌日におやじから話を聞き、自分は博多にむかいました」

「大原組長に会うたんか」

「いえ。大原の伯父貴は体調を崩されておられたようで、若頭の滝本に伝えました」

「滝本とは親しいのか」

「それほどではありませんが、親どうしの縁で、何度か遊んだことがあります」

「なかなかのやり手やそうやな」

浅井は応えなかった。表情も変えなかった。

「大原さんは幾つになられる」

「おやじの五つ下なので七十六歳です」

「長引く抗争で心労が絶えんのやろ」

「心身ともに参っておられるのではと案じています」

浅井がしみじみと言い、ややあって表情を変えた。

「それにしても博多ではびっくりしました」

「そんな顔はしてなかったが」

「白岩さんに遇ったことではありません。お連れの女性と翌日に再会することになるとは
……我が眼を疑いました」

「ほう」

白岩はおどろきを隠さなかった。

「白岩さんはなにもご存知なかったのですか」

「あのおなごは北新地で働いてるのやが、九州にむかうフェリーでばったり遇うて、福岡で食事の約束をした」

「そうでしたか」

「おなごとどこで会うたんや」

「博多の祇園にある料亭です。事務局長の友人と滝本、ビルのオーナーと不動産会社の社長の四人での商談と聞いていたので、あの女性の登場はなおさらおどろきました」

「京味の三和社長が連れてきたのやな」

「三和さんをご存知なのですか」

「数日前に、北新地で門野とばったり会うて、そのとき三和を紹介された。とは言うても挨拶だけで、博多のハの字もでんかったわ」

浅井が笑みをうかべ、口をひらいた。

「あの女性が博多店のオーナーになるそうです」

そういうことか。

胸のうちでつぶやいた。

三和はそのことがばれるのを恐れてクラブ・Sを避けたのだろう。ビルのエントランスで身を退いたのは、白岩が常連客と知っている可能性が高いということだ。

ふいに船上での美鈴との会話がうかんだ。

——遊びや。むこうに知り合いがおる——

——大学の同級生でしょう。あのとき、遊びに来いて誘われてたもん——

美鈴はあのやりとりを三和に話したのか。

そんなことを思ったが、疑念には至らなかった。

「話はまとまったんか」

「すんなりと」

「つまり、滝本とビルのオーナーと不動産屋の社長は旧知の仲というわけやな」

「そのように見えました」

「ちなみに、不動産会社の名は」

「博栄商事です」

白岩はうなずき、すぐに話しかけた。

「おまえは深入りせんかったのか」

「端からそのつもりはありませんでした」

浅井が歯切れよく応えたあと、わずかに表情をくもらせた。

すかさず声をかけた。

「どうした」

「その場で、いささか気になることがありました」

白岩は眼であとの言葉を促した。

「商談が済んで雑談に移ったとき、三和さんが事務局長の名を口にされて……一成会の門野さんにはなにかとお世話になっていると……自分はびっくりしました。おやじに言った事務局長の意向は三和さんにも伝えてあると思っていましたので」

そうか。

白岩はひらめいた。

浅井はそのことが気になって自分に連絡してきたのか。

ひらめきが的を射てなくとも、浅井がこだわっているのはたしかだろう。

白岩はおだやかに訊いた。

「突然か」

「自分のことから一成会の名がでたので、その流れだと思うのですが」

「そのときの滝本の反応はどうやった」

「それもおどろきで……ぜひお会いしたいと、真面目な顔で話していました」

「なるほど。そういう伏線があったんか」

「伏線とはどういう意味です」

浅井の声音が硬くなった。

白岩は浅井を見据えた。

「誰かは知らんが、西勇会の幹部が京都へ行き、門野と会うたそうや」

「……………」

声がなくても、浅井の感情は伝わった。

白岩は酒と煙草で間を空けた。

「よろしいですか」

そう言って、浅井も煙草を喫いつけた。

「寝耳に水か」

「はい」

「滝本の話を三和が門野に報告したんやろ」

白岩は推測のひとつを口にした。

別の推測を言葉にすれば、浅井の困惑に拍車をかけてしまう。

「門野と西勇会の接触は予想してなかったんか」

浅井が紫煙を吐き、煙草を捻り潰した。

「正直に言いますと、おやじにつなぎ役を指示されたとき、不安になりました。事務局長に関するいろんなうわさを耳にしていたのでなにか裏があるのではないかと……しかし、事務局長は、自分は西勇会にかかわらないと言われ、おやじにしてみれば大原組長のことが心配で要望を受けたそうです」

白岩は己を叱った。

浅井への安心感が先に立ち、清水にまで気配りができなかった。

「いまの話、忘れてくれ」

「そうはいきません」

浅井の眼光が鋭くなった。

「もちろん、おやじには話せません。ですが、道後一家の立場があります」

「どうする気や」

「事実を確認したうえで、滝本さんと話します」

「やめとけ」

白岩は語気を強めた。

「門野はおまえが案じたとおりの男や。滝本が門野との接触を認めたところで、門野は否定する。接触の意図がどうであれ、己の不利になれば相手をゴミのように扱う男や」

浅井の顔がゆがんだ。

「俺が悪かった。このとおりや」

白岩は頭をさげた。

「やめてください」

浅井の声が裏返った。

「白岩さんに非はありません。自分の配慮がたりなかったのです。事務局長と西勇会が連携すればどうなるか……考えが至りませんでした」

「そんなことは気にするな。門野の好き勝手にはさせへん」

「心強いお言葉、ありがとうございます」

「胸に収めてくれるか」

「即答はしかねます」

白岩は諦めた。

浅井の侠気にはふれられない。筋目の通し方も人それぞれである。

「ところで」

浅井が涼しげな眼に戻した。

「博多にはどうして行かれたのですか」

「古い友人に招かれた。堅気の人や」

「あのあと、県警の刑事に話しかけられましたね」

「職質や。ただの旅人やのに邪魔者あつかいされたわ」

「自分が声をかけたので迷惑をおかけしたのかと気にしていました」

「なれとる。どこへ行っても呼び止められる」

「博多で面倒事があるのですか」

「どうして訊く」

「ここまでのお話で、滝本さんに関心があるように感じました」

「ないこともない」

白岩は素直に言った。

浅井は初対面で感じた以上の男のようである。

第四章　縁の形

週明けの夕刻、白岩光義は京都へむかった。
——返礼をさせろ——
前日の電話で門野にそう言われ、二つ返事で応諾した。
近々に連絡があるとは予期していた。
金曜の夜は浅井と北新地のクラブ・Sで遊んだ。
——お店には週末からでるそうよ——
楓の言葉どおり、美鈴は出勤していた。
京味の三和もいた。
二人は眼をまるくし、すぐにうつむいた。
それを見た浅井が白岩にむかって苦笑した。
こまった人ですね。
そう言いたそうな顔だった。

浅井は、三和が白岩の席まで挨拶に来ても博多でのことは話題にしなかった。

――先日はお世話になりました――

――お役に立ててよかったです――

三和と浅井の会話はそれでおわった。三和が自席に戻ったあとも、三和や美鈴の名は口にせず、白岩とホステスらの戯言《ざれごと》を肴に呑んでいた。

京味の博多進出の背景に門野の陰謀があるのなら、三和はクラブ・Sでの一部始終を門野に報告する。

そうすれば、門野は必ず自分に接触しようとする。

その読みは確信に近かった。

白岩は祇園の路地に立ち、暮れなずむ空を見あげた。

ところどころに浮かぶ雲はじっとしていた。

雲のひとつにむかって息をつき、料亭の格子戸を開けた。


六畳の和室に案内された。

門野は女将《おかみ》と談笑していた。

余裕の表情は女将が去っても消えなかった。

「あつかましくおいしい料理をいただきに参りました」

白岩は丁寧に礼を述べた。

二年前もおなじ座敷で門野と差し向かった。

鱧《はも》の煮凍《にこご》りの美味はいまも舌が覚えている。

「借りがあると熟睡できんようになった」

門野が徳利を差しだす。

「歳だな。不義理をしたままくたばるのではないかと気分が落ち着かん」

「なにを言われます」

白岩は盃を呑み干した。

「老いて盛んとは失礼なもの言いかもしれませんが、門野さんにはぴったりです」

「ふくむところがあるのか」

門野が切れ長の眼に冷笑をうかべた。

「まさか……。この先長く、門野さんには教えを請いたいと願っています」

「一成会の七代目に就くためにか」

「そうです」

「あいかわらずの強気やのう」

「ほかに取柄がおません」

仲居が料理を運んできて、熱をはらみかけた空気がゆれた。

八寸膳に盛られた料理の品々は眼をたのしませた。

それでも今夜の舌は季節の味を覚えないだろう。

無言で食べるうちに気分が重くなった。

門野が箸を置いた。

「金曜の深夜に電話でおこされた」

白岩も手を止めた。

「京味の三和社長ですね」

「おまえと道後一家の浅井が親しい仲とは知らなかった」

「あの日が二度目です。その前は、三和社長とSの美鈴が博多で商談をする前日に、それも偶然に遇って声をかけられました」

「その話も、電話で聞いた。報告が遅いと叱ったが」

「叱ることでもないやろ」

雑なもの言いになった。

早くも神経がとがりだした。

門野と話せば途中からそうなるのは毎度のことである。

互いに思惑があるときしか会わないのだから、どうしても火花が散る。悶着には至らなくても、いつも不快感が残る。

二年前のやりとりは一字一句まで記憶にある。

――おまえ、なにを企んでるのや――

――わいが企む……柄やおまへん。門野さんが腹のなかをみせてくれんさかい、わいは思いつくままに話してますのや――

――俺の腹、見たいんか――

――わいも欲目がふくらんできたんか、駆け引きとかを勉強しとうなりました――

――ええことや。腕と度胸はぴか一で、頭も切れる。そんなおまえが、柔軟性いうんか、ずる賢さを覚えたら、こわいものなしの男になるわ――

あのときの門野の声は自信に満ちていた。

いまも声音は変わらないけれど、違和感がある。

以前の門野は、白岩に喋らせ、それに対応するのが常だった。それも肝心な部分になると言葉巧みにはぐらかすようなもの言いをした。

みずから浅井の名を口にした意図は何なのか。

その疑念を胸に沈め、話を前に進めた。

「浅井を……清水さんをだましたようやな」

「おい」

門野が凄んだ。

「それはどういう意味や」

「あんたは清水組長に西勇会へのつなぎを依頼したとき、自分の名は伏せるよう言ったそうやが、それで間違いないか」

「ああ」

「浅井はそれを守った。それやのに、連休中に西勇会の幹部が京都を訪ね、あんたに会うたのはどういうわけや」

「確証があって言うてるのか」

「その幹部と親しい者の証言がある」

門野が眉間に皺を刻み、酒をあおった。

「認める」

「京味の博多進出を利用して、西勇会に接近しようとしたのやな」

「それも認める」

門野がきっぱり言った。半分も見えない瞳は一ミリもぶれなかった。

白岩はとまどった。

ここまで開き直る門野を初めて見た。

思いあたることはひとつしかない。それが声になった。

「西勇会への接近は六代目の意思か」

「応えられん」

「清水組長に自分の名を伏せるように言うたわけは」

「ふたつある。ひとつは清水さんの身体を気遣った。もうひとつは、話がそとに洩《も》れるのを防ぎたかった。この手の話は極秘にやるにかぎる」

「それにしても筋が通らん。道後一家にしてみれば利用されたも同然や」

「浅井に西勇会が会いに来たことを喋ったのか」

「話の流れでな」

白岩はうそをついた。

事実を知りたくて、浅井の反応を見たくて話した。

そのことを後悔している。

「浅井は怒ってるのか」

「本人に訊かんかい」

門野がふうっと息をぬいた。

「まあ、いい。近いうちに博多へ行く。そのとき浅井を呼んで事情を説明する」

「そこまで話が進んでるのか」

「お互いにいろいろ条件はあるが、詰めの段階にさしかかってる」

「これまで本州との縁を拒んできた西勇会がよう折れたな」

「背に腹はかえられん」

門野がうっすら笑みをうかべた。

「飢えた狼に餌を投げたか」

「勝手に想像しろ」

白岩は酒で間を空けた。

頭の片隅で警鐘が鳴っている。

今夜の門野は喋りすぎる。

六代目の意を得て、強気になっているのか。

あるいは、ほかに秘めた思惑があるのか。

その疑念も胸に留めた。

そもそもかけひきが苦手なのだ。

正面きってぶつかったあとは、出た処勝負《とこ》を貫いてきた。

門野が言葉をたした。

「おまえは反対か」

「応えられん。仲間がおる」

「個人的にはどうや」

「いまのところ、白紙やな」

白岩は視線をおとし、箸を手にした。

きょうはこのへんが見切り時や、と勘がささやいた。

門野と西勇会の関係については、浅井の面子を優先したいとの気持ちもある。


「いつもお花に囲まれて、しあわせやね」

蕎麦屋の女将に声をかけられた。

富士額に汗がにじんでいる。

「昼の書き入れ時に悪いな」

「ええのよ。ここに来るの、たのしみやさかい」

女将がテーブルに蕎麦をならべた。

出前を注文するといつも女将が運んでくる。

まだ鶴谷に惚れとるんか。

これまで幾度もそう訊きたくなった。

しかし、声にしないまま二十年が過ぎた。

そのあいだ、女将は鶴谷の名を口にしたことがなかった。

「また呼んで」

女将と入れ違いに、石井と和田が入ってきた。

「ええタイミングや」

石井が顔をほころばせ、箸を割った。

「食いながらでもええから聞け」

「そうや。話があったのやな」

白岩は、一時に来い、と連絡していた。

「きのう、京都に行った」

「なんやて」

石井の声が裏返った。

「門野と喧嘩したんか」

「するか。世間話や」

「冗談はやめてくれ」

石井が唾を飛ばした。すでに顔は朱に染まっている。

「それや」

「それて、なんや」

「おまえが先走らんよう、門野を牽制したかった」

半分は事実である。

石井は親の仇《かたき》のごとく門野に憎悪をたぎらせている。花房の帰阪を直前にして面倒をおこすとは思えないが、石井の気質を考えれば不安がないわけではなかった。

白岩は、門野とのやりとりを話した。

「門野は西勇会と縁をつなぎたいと……そう言うたんやな」

石井が念を押した。

「おう」

「それやのに、喧嘩せんかったのか」

「前にも言うたが、九州との縁組に反対というわけやない」

「それは納得したけど、やつがのさばるのは許せん」

「門野は六代目の意思をにおわせた」

「得意のはったりやないのか」

「そうかもしれんが、へたに動けば門野の思う壺にはまるおそれがある」

「思う壺とはどういう意味や」

　白岩は首をふった。

「それが読めん」

「寝業師の胸のうちなど読まんでもかまへん。むこうが西勇会との縁組を強引に進めるのなら、こっちはなんとしても阻止するまでのことや」

「やめとけ」

「やめれんな。俺らが抵抗せんかったら、やつはますます図に乗る」

「わかっとる。門野の好きなようにはさせん。たとえ六代目の意思としても、筋目を違えるようなら、わいが壁になる」

「それを聞いて安心した」

　石井が表情を弛めた。

「けど、いまはあかん。ようやく帰ってこられる花房のおやっさんに心配をかけることがあってはならん。そやさかい、こうしておまえに話しとる」

「俺はガキか。おとなになったと言うたやないか」

「おとなになっても気質は変わらんやろ」

石井が口をすぼめた。

白岩は蕎麦をすすった。

夏の辛味大根はぴりっと刺激があって食欲をそそる。

石井も和田も食べだした。

白岩は二枚のザル蕎麦をたいらげ、蕎麦湯を飲んでから和田に話しかけた。

「わいはこれから新幹線に乗る」

「えっ。そんな急に……坂本に準備させます」

和田が携帯電話をつかんだ。

「勘違いするな。行く先は東京や」

和田が肩をおとした。

「迎えに行くのか」

石井が訊いた。

「そうやないが、いろいろ準備がある。二、三日はむこうにおるつもりや」

「戻る日は決まったのか」

「一週間後の六月五日の予定や」

「こっちで準備をすることがあったら言うてくれ」

「ない。静かにお迎えする……それだけや」

「そうやな。それが一番や」

石井が己に言い含めるようにうなずいた。

和田が口をひらいた。

「福岡にはいつ行かれるのですか」

「おやっさんが帰られたあとに決まっとる」

白岩は乱暴に言った。

せっかく石井が怒りの鉾《ほこ》を収めたところである。

和田の間の悪さに腹が立ったけれど、叱るのは気がひける。

東京で一泊したあと、飛行機で福岡に飛ぶ。

石井や和田に心配かけずに事を済ませたい。

隼人の同行も邪魔になる。

そう考えて、石井と和田を呼んだのだった。

東京駅八重洲中央口に優信調査事務所の木村直人が待っていた。

——気になる情報があります——

一時間ほど前に木村から電話があった。

顔を合わすなり、木村が口をひらいた。

「お時間はありますか」

「六時に約束がある」

木村が時計を見た。

午後五時をすぎている。

「どちらへ行かれるのですか」

「築地や」

「それなら車のなかで話しましょう」

木村が傘を差した。

東京は雨だった。

ミニバンのアルファードに乗った。

優信調査事務所の走る前線基地である。

オプション仕様の後部座席はテーブルを挟んで五人が座れる。その後方には、赤や緑のランプがともる機材が隙間なく配されている。

「しばらく皇居の周辺を走れ」

木村が運転手に命じ、紙コップにコーヒーを注いだ。

白岩が煙草をくわえると、空気清浄機がうなりをあげた。

「どんな情報や」

「福岡に行かれるご予定はありますか」

「あした行く」

「用むきを教えてください」

強い口調だった。

白岩は、筑紫ファームの須藤が大阪に訪ねて来たあとの経緯を話した。

「須藤が大阪で殴られたというのはガセではありませんか」

「わいもそう思うてる。前日の夜に殴られたにしては痣の色がくすんでた。それで、知り合いの刑事に現場周辺の聴き込みを頼んだ。喧嘩を目撃したという情報はなく、防犯カメラの映像を見ても、それらしい光景は映ってなかったそうや」

「須藤に問い質《ただ》したのですか」

「いや。うそをついてるのなら、うそをかさねるだけのことやろ」

「それでも行かれるのですか」

「約束した」

木村が呆れ顔をつくった。

「須藤が難儀してるのはおまえも確認したやないか」

「しかし、胸騒ぎがします」

「そんなことで……おまえらしくもない」

「そうなのですが、福岡県警の動きが気になりまして」

「どういうことや」

「暴力団対策課は筑紫ファームの騒動を察知し、西谷を監視していたのですが、途中から動きが鈍くなったそうです」

「おまえの情報元は公安筋か」

「ご想像におまかせします」

「動きが鈍くなった理由をどう読んでる」

「白岩さんに職質をかけた北川という刑事を疑っています」

「なるほどな」

白岩には思いあたることがある。

——うわさどおりの男みたいやけど、ここで勝手な真似はさせんと。忠告を聞かんのなら本部に連れて行くことになるばい——

北川の言葉は、白岩光義と知ったうえで職質をかけたと思わせた。

「腐れ縁が続いてるわけか」

「西勇会専従班の主任が裏で西勇会とつながっているとしたら由々しき問題です。福岡県民の怒りを買います。それで、公安と監察官室が極秘に内偵を始めたとか」

「あの刑事が筑紫ファームの騒動にかかわってるんか」

「それがはっきりしないから、胸騒ぎなのです」

「胸騒ぎごときで約束を反故にすれば男を廃業するしかない」

「もうすこし先に延ばしていただけませんか」

「わいは忙しい。大事な用を控えとる」

「でも危険すぎます。北川と西勇会の滝本若頭がひとつ穴のムジナなら、滝本の手下の西谷と連携している可能性があります。それに、須藤が芝居を打ってまであなたを福岡に呼ぼうとした背景も気になります」

「すべて推測や」

白岩はそっけなく返し、窓に視線をふった。

雨煙のせいか、皇居の濠《ほり》沿いの緑がくすんで見える。

――背に腹はかえられん――

門野の声がよみがえり、冷笑する顔がうかんだ。

あのとき、頭の片隅で警鐘が鳴った。

門野も筑紫ファームの騒動にかかわっているのか。

ふいに思い、須藤に誘われて以降の出来事を反芻した。

大学の同窓会は四月の半ばだった。

ゴールデンウィーク前に門野が道後一家の清水組長を見舞ったあと、清水の指示を受けた浅井が福岡へでむいて京味の三和と西勇会の滝本を引き合わせた。

さらに、連休中には西勇会の幹部が京都で門野と面談している。

白岩が須藤を訪ねたのはそのあとだった。

時系列が気になる。

美鈴と三和、三和と門野の関係が疑念を深めた。

――遊びに来いて誘われてたもん――

船上で美鈴と遇ったのは偶然なのか。

あのときはすでに計画が進行していたのではないか。

しかし、それも推測の域をでない。

声がして、視線を戻した。

「たしかな事実もあります」

「ん」

「西勇会の資金ぐりが楽になっているようだとの情報が届きました」

「急にか」

「はい。以前お話しした市井の金融業者にでまわっていた手形が減りだしたそうで、幹部連中が中洲で遊び歩く姿も目撃されています」

「野球賭博で儲けたんやないんか」

野球賭博の本場の関西に劣らぬほど、福岡も盛んだと聞いている。

そんなことよりも、門野のことを伏せたかった。木村といえども稼業の、それも内輪のことを話すつもりはない。

「西勇会にはもうひとつ、きな臭いうわさがあります」

「なんや」

「組長と若頭の関係が悪くなっているとか」

「それも関係ない」

「どうしても行かれるのですか」

「くどいわ」

「わかりました」

木村があきらめ顔で言った。

数分後、アルファードは花房が住むマンションの前に停まった。

白岩はドアを開いて降りたあと、ふりむいた。

「世話になった」

「まだ自分の仕事は完了していません」

あほか。

白岩は言いかけて、やめた。


あでやかな赤である。しかも品がある。

入江好子が袖スリットのサマーセーターを着てあらわれた。

北新地の花屋で仕事をしていたときも、東京のマンションにいるときも、好子はジャージ姿で、それも紺やグレイなどの地味な色だった。

たまに二人で外出するさいも暖色系の服はめったに着なかった。

白岩は眦《まなじり》をさげた。

「おまえが紅白とはめずらしい」

好子の、小粒で色白の顔がまぶしく弾けた。

タンクトップもジーンズも、スニーカーも白である。

「これを見てほしかったの」

好子が薄いセーターを指先でつまんだ。

「銀座にでたとき見かけて……あんまりきれいだから年甲斐もなく買ったの」

「よう似合うとる」

「よかった」

好子が白い歯を見せ、正面に座った。

有楽町のカフェテラスにいる。

前日とは一変し、青空がひろがった。

平日の午前中のせいか、路上に人影はまばらだ。

「あなたもめずらしいね」

「ん」

白岩は自分を見た。

オフホワイトのパンツにあかるい紺のサマーセーターは地味ではないけれど、紺系の服はほとんど着たことがない。

「気まぐれやが、これでよかった。二人して紅白ではあほなカップルと思われる」

「それもそうね」

「おやっさんは大丈夫か」

「ここに来る前に覗いたら、まだ寝てはった」

きのうの花房宅は賑やかだった。

花房組東京支部の三人を招いての宴は時が進むにつれて盛りあがり、花房は北新地で遊んでいたころのような元気をとり戻し、ついには自慢の浪曲をうなりだした。浪曲とは無縁の世代の乾分らに持ちあげられ、最後には『くちなしの花』も歌った。

姐の愛子は呆れ返り、はしゃぎすぎだと叱ったのだが、花房がしんみりとした表情で『くちなしの花』を口ずさむと、懐かしそうなまなざしで連れ合いを見ていた。

——にがい思い出や——

白岩は愛子のひと言を思いだし、胸を湿らせた。

「よほどうれしかったんやね」

好子の声に首をふった。

「おやっさんは気遣いの塊やさかい、若い者の緊張をほぐしたかったんや」

「はじめはそうかもしれへんけど、本人もたのしんでた」

「そうやな」

「おかあさんもうれしそうやった。あなたと若い三人が帰ったあと、キッチンで洗い物をしながら、おかあさん、『くちなしの花』を歌ってた」

「思い出の曲や」

白岩は愛子に聞いた話を披露した。

「これだけそばにいても知らないことはいっぱいあるのね」

「わいも……」

白岩はあとの言葉を胸に留めた。

煙草で間を空けた。

なまぬるい風が紫煙をさらった。

「ねえ」

好子が顔を近づけた。

「なんや」

「どうして急に来たの」

「乾分らが粗相をせんかと心配になった」

「うそやね」

「ん」

「それ」

好子が白岩の足元にあるバッグを指さした。

「どこに行くの」

「大阪に帰るんやないか」

好子がさぐるような眼つきをした。

「東京にバッグを持ってきたの、初めて見た」

白岩はおどろいた。

麻布の部屋にも服はあるので着替えを持って来たことはなかった。

「おしえて」

好子がやさしく言った。

白岩は観念した。

好子には隙を見せる癖がついてしまっている。

それを自覚したのはおととしだった。

東京で面倒事をかかえたときも、好子に、うそついてもあかん、と言われた。

――わいのこと、なんでようわかるねん――

――ほかに興味ないもん――

あっけらかんと言った言葉が胸に突き刺さっている。

おそらく好子は、バッグを見てなにかを感じとったのではなく、きのうの宴会のさなかに漠とした不安を覚えたのだろう。

「福岡へ行く」

「義理掛けではなさそうね」

白岩はため息をついた。

スーツを持参してないのもばれている。

「野暮用や」

「そんなわけないでしょう。こんな大事な時期に野暮用なんて……」

「うるさい」

ついむきになった。

「ほんまのことを言うて。おとうさんたちが大阪に帰る前に片づけておきたいことがあるんやないの」

白岩は口をへの字に曲げた。

好子が悲しそうな眼をした。

また観念させられた。

「大学の同級生に会う」

「おとうさんが大阪に帰ったあとではあかんの」

「きょう行くと約束した」

「なにがあるの」

「相談を持ちかけられた」

白岩は、これまでの経緯をかいつまんで話した。

そうしなければ好子が心配する。

宴会に参加するために東京に来たのではなかった。

どこかへ覚悟を連れて行くときは、その前に花房や好子に会った。

白岩がなにも言わなくても、好子には悟られていたと思う。

「面倒そうね」

好子が眉をさげ、表情をくもらせた。

「心配いらん。一日でケリがつくさかい行くことにしたんや」

「……」

「堅気の会社の内輪もめや」

白岩は、騒動の背後に西勇会がいるのを話さなかった。

好子は黙って白岩を見つめている。

「なんとか言わんかい」

白岩は声を荒らげた。

「行かんといて」

聞こえないほどの声だった。

「そうはいかん」

「あなたの気性はようわかってる。けど、やめてほしい」

「なんでそこまで言うねん」

好子が顔を左右にふった。

「胸騒ぎか」

「そんなんと違う」

「ほな、はっきり言え」

「まだ隠してることがあるような気がする」

「ないわ。あったとしても言う必要はない」

「あなたのすることにとやかく言うつもりはない。けど……」

「けどはいらん」

次第にいらいらが募ってきた。

その矛先は好子に半分、自分にも半分むいている。

福岡へ行くことへのためらいがあるからだろう。

ためらいの根っこにあるのは好子の不安のそれとおなじだと思う。

それでも行くと決めた。

好子が視線をそらし、椅子に背を預けた。

「立ってみい」

「えっ」

「ええから立て」

好子がゆっくり立ちあがった。

白岩は好子の両手をとり、左右にひろげた。

陽光が薄布に透け、赤がよりあざやかになった。

「ほんまにええ色や」

好子がはにかんだ。

「大阪に帰ってきたら、その服着て心斎橋を歩こう。わいも紅白にする」

「ほんまやね」

「ああ」

心斎橋は好子にとって鬼門の街である。

白岩が好子を助けたのは心斎橋の商店街だった。

二年前に好子が車に撥ねられたのも心斎橋のデパートの駐車場であった。

好子と出逢って以来、一度も二人で心斎橋にでかけたことがなかった。


夕刻の福岡空港は混雑していた。

男の大半はスーツを着ている。

企業の多くは円高・株安に喘《あえ》ぎ、経費削減に励んでいると聞く。

日帰り出張なのか、搭乗口へむかう男たちの顔は一様につまらなそうに見えた。

白岩はタクシー乗場へむかった。

背後に視線を感じた。

それを無視し、まっすぐ歩いた。

「よう」

タクシー乗場に着いたところで、声をかけられた。

「中洲に女でもできたとね」

ふりむいた先に福岡県警の北川がいた。

「迎えに来たんか」

「なんなら県警本部ば案内してもよかよ」

「留置所で婦警さんが添い寝してくれるんか」

「旅先で寝るのはもったいなか。俺が徹夜で相手するたい」

「髭を剃って出直して来いや」

白岩は車に乗り込んだ。

バックミラーに追尾する車は見えなかった。


ホテルの客室で熱いシャワーを浴び、缶ビールを手に窓際に立った。

午後五時を過ぎても昼間のようにあかるい。

眼前に見るＪＲ博多駅が輝いている。

路上には大勢の人がいて、福岡空港とおなじようにスーツ姿の男がめだった。

唐突に記憶の蓋が開いた。

蕎麦屋で好子に訊かれた。

――極道になったの、やっぱり、わたしのせいよね――

白岩はきっぱり否定した。

そのあと、白岩が極道者になるまでのあれこれを話し、また好子が訊いた。

――それまではなんになりたかったの――

――白いシャツにネクタイを締めたかった――

ほんとうのことである。

頬に傷を負うまではサラリーマン以外の職業を考えたことがなかった。

父は呑んだくれの日雇い人夫だった。母は料理屋で下働きをしていた。万年貧乏の家に生まれ育った白岩にはスーツ姿のサラリーマンがまぶしく見えた。

国立の大学を卒業し、会社員になる。

四十八年生きて、人生に夢を描いたのは十代後半の数年間である。

自分は極道者として生きるしか道はない。

傷を負ってしばらくは鏡を見るたびにそうつぶやいていた。

それも若さゆえだ。

いまはそんなふうに思う。

だから、誰に問われても、おなじことしか言わない。

——惚れた人が親分やった。それしきのことです——

うそではない。

しかし、真実のひとつにすぎない。

胸にかかえる石ころの正体をわかっているのは花房夫妻と好子、それに、竹馬の友の鶴谷だけだろう。だけと言うのは贅沢で、四人もいる。

おなじ石ころをかかえているのは世にひとり、好子しかいない。

数時間前の、あざやかな赤が瞼に残っている。

その上の不安そうな顔はむりやり消した。


湯気のむこうにやさしい顔がある。

「店ば間違うたごたる」

理恵が菜箸で水炊きの具を摘みながら言った。

「なんでや」

「きょうは暑か」

「暑い日に鍋を食べるのも乙なもんや」

「ばってん、うちは汗かきやけん」

理恵の額にちいさく光るものがある。

「健康な証拠や。わいがかくんは冷や汗やさかい、身体に悪い」

理恵が笑い、器を差しだした。

鶏肉が張っている。嚙めば肉汁が飛び散りそうだ。

「安心したばい」

「ん」

「きょうはややこしい顔をしてるかと思うてた」

「面倒かけて悪かったのう」

「そげんことはなか。大阪ではうまか店ば梯子して……あのとき急用ができたとやろ。それでも、棒鮨を食べさせてくれて、うれしかったと」

白岩は食べることに専念した。というか、箸が止まらないほど旨かった。

汗が噴きでた。おしぼりで拭い、冷酒で胃を冷ました。

理恵がコンロの火を弱めた。

「カネの出処がわからんたい」

「借金地獄からぬけでたのは事実か」

理恵がうなずいた。

「知り合いの金融業者の話では、西勇会がらみの手形が減って、今月は新しい手形がでまわってないそうよ」

「西勇会の金庫をにぎってるのは若頭の滝本か」

「そうたい」

理恵が語気を強めた。

「大原組長は体調がよくないそうやな」

「身体より、気力やね」

急に声が弱くなった。

理恵は大原の情婦だった。

推測が確信に変わった。

けれども、それを口にするのは憚《はばか》られる。

訊ねたところで、理恵は明確に応えないだろう。

別れてもつながる男と女がいる。

──この店には誰も寄りつかんたい──

──十年つき合って、二年前に別れた──

──相手が懲りたかも……わたしはカネ遣いが荒かったから──

理恵の言葉のひとつひとつに、裏社会で生きた男と女の情の重さがある。

理恵は昔の男の身を案じている。

そう思わせる声音だった。

「滝本は一成会に近づいてるとね」

「なんで訊く」

「ほんとうかどうかわからんばってん、滝本が一成会の幹部に会ったとか……資金ぐりがらくになったのとからめて、いろんなうわさがあるとよ」

「西勇会のほかの連中はなにをしてる」

「組長が表にでんようになって、滝本に問い詰める男はおらんたい」

「博多やくざの任侠道はどうした。よそ者との縁を拒んできた気骨を忘れたんか」

理恵がくちびるを嚙んだ。

よそ者のあんたに言われたくなか。

そう言いたそうな顔をしている。

大原は滝本の振る舞いに歯ぎしりしているのだろう。

「教えてくれんね」

「勘弁せえ。けど、これだけは言うとく。一成会の総意として縁組に動くとすれば、交渉の相手は大原組長しかおらん。それが筋目や」

理恵がおおきくうなずき、徳利を手にした。

白岩は盃に受けたあと、徳利を奪った。

「おまえが男なら兄弟の盃を交わすところや」

「女はだめね」

「おなごは抱いてかわいがるもんや」

「疲れるばい」

「はあ」

「惚れても、惚れられても……不器用な男は疲れる」

白岩はニッと笑って、盃を干した。

理恵も咽《のど》をさらした。

「ところで」

白岩は表情を戻した。

「博栄商事の西谷という男を知ってるか」

「滝本の隠れ乾分たい」

理恵が吐き捨てるように言った。

白岩は声にして笑った。

「隠れ舎弟やのうて、隠れ乾分とはおもしろい」

「なにがおもしろかね」

理恵が口をとがらせた。

「滝本には隠れ乾分がいっぱいおる。警察の眼からのがれるために盃を交わさんで、手足にして……あげく、使い捨てたい」

「西谷は使い勝手があるわけか」

「西谷ば、知ってると」

「知らん」

理恵が不安そうな眼をした。

白岩は筑紫ファームの騒動を簡潔に教えた。

話すうちに、理恵の表情が硬くなった。

「背後に滝本がおるね」

「そう思うか」

「西谷にはひとりでしのぎをかける度胸も知恵もなか」

「どんな男や」

「ヒモたい。若いころは中洲でスカウトみたいなことをしとって、女衒《ぜげん》のニシとか言われてたばってん、ほんものの女衒が聞いたら怒るばい」

白岩が笑っても、理恵は真顔を崩さなかった。

「気をつけたほうがよかよ」

「そうするが、面倒にはならんやろ。わいは一日で大阪に帰る」

「あしたが……話し合いに立ち会うだけというのが……」

白岩は手のひらでさえぎった。

なにも言わず、なにもせずに、会談の場を去れるとは端から思っていない。

筑紫ファームの須藤はうそをついた。

大阪で見知らぬ男に殴られたのでなければ、顔を腫らす理由は二つだけである。

芝居を打ってまで白岩に助けてもらいたいのか。

あるいは、誰かに威されて白岩を呼びたいのか。

どっちにしても不快な思いをする。

ひと暴れする場面があるかもしれない。

しかし、深く考えないことにしている。

考えたところで己の信条を曲げることはないのだ。

遊びに来いと誘われ、行くと返答した。

それが事実であり、そこに須藤の思惑が入る余地はない。

「面倒な話はここまでや」

白岩はあかるく言った。

理恵が表情を弛めた。

「あんた、一日しかおらんとやもんね」

あんたと言われ、気分が晴れた。

「おまえの店で酔い潰れたる」

「うちには行かん。よそで呑むたい」

「なんでや」

「わたしも酔い潰れたか」

「博多の救急車はダブルベッドか」

「よかね。その救急車に乗りたか」

理恵の眼が糸になった。


白岩は、車の助手席に座るなり、となりの須藤に声をかけた。

「わいが顔をだして、かえってややこしくなりはせんか」

「なるかもしれんが……」

きょうの須藤は別人のように口数がすくない。

六時に須藤家を訪ね、夕食を馳走になった。居間を使っての二人きりの食事だったが、須藤はうつむき加減で、白岩があたりさわりのない話をむけてもぽつりぽつりと応え、視線を合わせるのもためらっているように見えた。

白岩は、あえてその理由を訊かなかった。

いまさら聞いたところで己の行動が変わるわけではない。

須藤がエンジンをかけ、ハンドルをにぎった。

「迷惑をかけて、済まない」

思い詰めたような声だった。

「あやまらんでええ」

「いや。ほんとうに申し訳ないと思ってる。不愉快な思いをさせる……きっとさせてしまうだろうが、今夜でおわりにしたいんだ」

「わいが立ち会うだけで解決するとは思えんが」

「すまん……西谷が同席するんだ」

声がふるえた。

「わいともめさせる……それでケリをつける魂胆か」

白岩は感情を殺した。

立会人で済むとは思っていなかった。

はじまりはそうでも、西谷があらわれるのは想定内で、その覚悟もしている。

「だますつもりは……おまえにことわられるのがこわかった……」

「もうええ」

あれこれ聞けば神経がささくれる。

須藤が車を発進させた。

民家から離れ、駅とは反対の方向へむかった。

筑紫平野は闇に眠っていた。

ヘッドライトの光の輪の外は、前回に見た昼間の風景が思いうかばないくらいの漆黒の闇で、遠くから聞こえた犬の鳴き声が静寂に吸い込まれた。

午後八時になろうとしている。

路上に人や車がいるのかさえわからなかった。

五分ほど走って、スピードがおちた。


筑紫ファームは農道が交わる角地にあった。

四方は田畑で、はるか遠くに窓明かりのともる民家が点在している。

白岩を乗せた車はコンクリート塀に囲まれた敷地に入った。

門の正面に鉄筋二階建ての社屋があり、その左側はひろい更地で、乗用車やトラック、農耕機などの機器がある。

須藤のあとに続いて社屋に入った。

「こんばんは」

私服の若い女に声をかけられた。

事務所には二十ほどのデスクが整然とならんでいるけれど、ほかに人はいないので、女は来客を待っていたのだろう。

右手の応接室に案内された。

二人の男がいた。

細身の老人が両手を太股にあて背筋を伸ばし、となりの小太りの中年男は足を組み、肘掛けにもたれている。

老人がすくと立ちあがった。

「中村です」

はっきりとした声だった。

白岩は挨拶を返した。

中村の表情と態度にとまどった。

この人は自分を歓迎しているのではないか。

そんな気がした。

白岩は、須藤のとなりに腰をおろし、正面の中年男を見据えた。

相手の眼がうろたえた。

人懐こい顔をしているが、あちこちに険が走っている。

「紹介します」

須藤に言われ、男が背を伸ばした。それでも足は解かず、ものを言わなかった。

「白岩や」

「西谷たい」

横柄なもの言いだった。

白岩は相手にせず、須藤に話し合いを進めるよう言った。

須藤が口をひらいた。

「きょうが最後の交渉です。会社設立時に皆さんで申し合わせたとおりに来年度から事業計画を進めるためには待ったなしの状況にある。先日の役員会で結論を得たように、たとえ中村さんの委任状があろうと、西谷さんの役員就任は認められない」

「しぇからしか」

西谷が声を荒らげた。

「こげな男ば連れてきて、俺がひきさがるとでも思うたんか」

「そんなつもりは……白岩さんは立会人として……」

「やかましい。俺は退かんぞ。うちの土地なしでやれるもんなら……」

「やめろ」

甲高い声が響いた。

「もう、うんざりだ」

中村の声に須藤が腰をうかした。

「どうしたんだ、中村さん……」

中村が滑りおちるようにして、ソファの脇に身体を沈めた。

「白岩さん、このとおりだ」

中村が床に這《は》いつくばった。

「どうか、助けてください」

命を搾るような声だった。

西谷が色をなくした。

須藤があわてて中村に寄り、肩に手をかけた。

白岩は静かに訊いた。

「助けろとはどういうことです」

中村が頭をあげた。顔一面が痙攣している。

「ずっと威されていたんです。娘と孫が殴る蹴るの……」

「黙れ」

西谷が咆哮《ほうこう》し、中村に飛びかかろうとした。

白岩の拳が西谷の顎に命中した。

西谷がうめき、ソファとテーブルの間に崩れおちた。

須藤が口をあんぐりさせ、尻餅をついた。

白岩は、中村のそばで腰をかがめた。

「娘と孫はどこにおる」

「博多に……監禁されているようです」

「なんと」

白岩は絶句した。

優信調査事務所の木村をもってしても知り得なかったことにおどろいた。

「いつからですか」

「会社を設立してほどなく娘から連絡があり……ことになって西谷が自宅に押しかけてくるようになりました」

白岩は須藤をにらんだ。

「知ってたんか」

須藤がもげおちそうなほど首をふった。

中村が口をひらいた。

「自分を役員にしろと……そうしなければ娘と孫に生きては会えなくなると」

「どうして警察に話さなかった」

「こわかった……」

「西谷の素性を知っていた」

「はい。娘が結婚すると報せてきたときに調べました」

中村がうなだれ、言葉をたした。

「わたしが弱かったんです。西谷が西勇会の者だと知って怖気づき……あのとき、どんなことをしても娘を連れ戻せばよかった」

白岩は須藤に声をかけた。

「予想外の展開か」

「えっ」

「なんでわいを呼んだ」

「そ、そ、それは……」

「あぶない」

須藤の声に中村の声がかさなった。

白岩は、ふりむきざま拳を突いた。

股間を直撃した。

西谷の手からドスがおちた。

とどめの一撃を見舞った。

肋骨の折れる音がした。

同時に携帯電話が鳴った。

《逃げて》

理恵が叫んだ。

《表はだめ。裏から塀を乗り越えて》

「わかった」

電話を切るや、中村が声をふるわせた。

「これは罠です。あなたを……」

「しゃべるな」

須藤がわめいた。

中村はやめなかった。

「あなたをここに誘いだせば手をひくと……」

「西谷が態度を変えたのはいつのことや」

「今月になって……西谷が須藤さんにそんな条件をだしたのです」

須藤が這うようにドアへむかう。

白岩は、須藤の尻を蹴りあげた。
「娘と孫は助ける」
言いおき、部屋をでた。
「裏口はどこや」
若い女が右奥を指さした。
踵を返す前に、玄関のドアが開いた。
男たちがなだれ込んできた。
皆の眼がつりあがっている。
先頭の男の手に拳銃があった。
白岩は床を蹴った。
銃声が轟いた。
ピッと音がして、ドア口の壁に穴が開いた。
そとに飛びだし、コンクリート塀によじのぼった。
うしろで男たちがわめいている。
車が裏の田んぼに突っ込んできた。
理恵が金切り声を発した。

「遅か。なんばしよったと」

「運動や」

言う間に、頭を天井にぶつけた。

ジープは麦を刈ったばかりの田んぼを跳ねながら走っている。

「銃声がしたばい」

「あたるかい」

携帯電話をつかんだ。

一回の着信音でつながった。

「白岩や。火急の頼みがある」

《なんでしょう》

「いますぐ警察を西谷の家にむかわせろ」

《西谷を押さえるのですね》

「違う。嫁と子どもを救いだせ。ＤＶと監禁や」

《わかりました》

「報告はいらん」

《白岩さんは無事ですか》

応えずに電話を切った。

「はめられたとね」

理恵が前を見たまま言った。

「おまえはなんでおったんや」

「あんたが気になって、滝本と博栄商事ば監視してもろうたと」

「西勇会も健在やな」

理恵がちらっと眼をむけた。

「余裕かましてる場合やなかよ」

左後方の道路に三両の車のライトが見える。

ジープが加速し、農道に突進した。

傾斜面で車体が傾き、宙を飛んだ。

傾いたまま路面に着地した。

「たいしたもんや」

「こげんことはなれとる」

追尾の車とは二、三百メートルほどの距離がありそうだ。

「あんた、値打ちもんやね」

理恵の声には余裕があった。

「はあ」

「五億……あん人が滝本の側近ば攫って、白状させた」

「縁談の支度金やないんか」

「あんたの言うとおり、滝本の一存でまとまる話やなか。五億の見返りは……」

理恵がハンドルを切った。

真後ろでタイヤが悲鳴をあげた。

後続の車はまたたくまに追いついていた。

田畑ではともかく、路上のスピードは乗用車に劣る。

先頭の車が路肩ぎりぎりを走り、ならびかけようとする。

理恵が巧みなハンドル捌きで阻んだ。

二両目の窓から拳銃が覗いた。

「田んぼを走れ」

白岩の声は無視された。

理恵は前しか見ていない。

銃口が火を噴いた。

ピシッ、ピシッと音がした。

リアウインドーの二箇所にちいさな疵ができた。銃痕なのはあきらかだが、割れるどころか、皹《ひび》さえ走らなかった。

「防弾か」

「そやけん、スピードがでんとよ」

白岩は納得した。

大阪で白岩が乗る車も防弾ガラスで、走りが重く感じる。

「あん人ば乗せるのに、米軍から買《こ》うて、防弾にしたと」

あん人とは大原組長に違いない。

「おまえはボディーガードやったんか」

「そげなもんたい。あん人の命ば護りたかったけん」

「あほなおなごが、まだおるんやな」

「惚れたとね」

「ぞっこんや」

「うれしか」

「わいの命……」

白岩は声音を変えた。

「五億か」

「安かね」

理恵が笑った。

「滝本は、あんたを襲う名分がほしくて、ここの騒動に巻き込んだ」

「そこまで喋らせたんか」

「あん人が鬼になったん、ひさしぶりに見た」

「依頼人は誰や」

「知らんみたい」

白岩は黙った。

そんなわけがない。

今回の騒動のからくりと動いたカネの額までわかっているのだ。京都に門野を訪ねたのは滝本本人か側近なのは推測するまでもない。

大原が門野の名を言わなかったのか、言うなと口止めをしたか。

いずれにしても大原の配慮だろう。

門野の名が表にでれば、関西のあちこちで銃弾が乱れ飛ぶのは必定である。

話しているうちも闇夜に銃弾が流れた。

「どこへ行く」

「安全な場所は博多しかなか」

四車線道路にでた。

後続の車が距離を空けだした。

その理由はすぐにわかった。

前方で検問の赤色灯が回っている。その後方にもちいさくパトランプが見える。

「突っ切るばい」

「やめとけ」

「なしてね」

「おまえを道連れにはできん」

「もうしとるやなかね」

「あかん。あそこで止めろ」

理恵がため息をつき、急ブレーキを踏んだ。

路肩に停まるや、理恵がくちびるをおしあてた。

「死んだらあかんばい」

「おう」

後続の車も離れたところに停まった。

前方から私服の男と二人の制服警官が近づいてきた。

私服の男は見覚えがある。

「滝本の相棒たい」

言いおえる前に、理恵がシフトレバーをにぎった。

白岩はその手を押さえた。

理恵が見つめた。

白岩はうなずき、ドアを開けた。

県警本部暴力団対策課の北川と鼻面を突き合わせた。

「はでなドライブやのう」

北川が嘲笑をうかべた。

「なんの用や」

「応えるまでもなかろう。同行してもらうたい」

「容疑は」

「とりあえず道路交通法違反……ほかはゆっくり考える」

「これが二の矢というわけか」

「なんの話ね」

北川がとぼけた。

「襲撃に失敗したら、ブタ箱にほうり込む。悪知恵がまわるのう」

「泣き言はあとで聞くばい」

制服の警官が手錠を持った。

近くにパトカーが停まった。

後続のセダンから私服の三人が降りてきた。

ひとりが声を発した。

「北川っ」

北川が近づく男をにらみつけた。

「警務がなにしに来たと」

白岩は木村の言葉を思いだした。

――白岩さんに職質をかけた北川という刑事を疑っています――

――西勇会専従班の主任が裏で西勇会とつながっているとしたら由々しき問題です。福岡県民の怒りを買います。それで、公安と監察官室が極秘に内偵を始めたとか――

監察官室は警務部に属する。

「おまえの身柄を拘束する」

「なんばねぼけとると」

北川が顎を突きだした。

「うるさい」

別の男が怒鳴った。

「あんた、誰ね」

「山崎《やまさき》……理事官だ」

名を告げても部署名は言わなかった。

本部勤務の北川が知らないのだから、公安部署の者と思えた。

北川が口を結んだ。白岩とおなじ推測をしたのだろう。

「容疑は収賄……博栄商事からカネが流れてる。ウラもとった」

「ふん」

北川が鼻を鳴らした。

警務の男が北川の腕をとり、手錠を打った。

山崎が白岩に寄った。

「あなたも同行してもらう」

「好きにせえ」

白岩はふりむいた。

理恵が車のそばに立っている。

丸顔にほっとする笑みがあった。


福岡県警察本部の留置所で二晩寝た。

筑紫野署ではなく、県警本部に移送されたことで、自分を発砲事案にからめて起訴する意思がないことはわかった。

丸二日の大半をすごした取調室では暴力団対策課の係長と監察官室の管理官が交互に訊問を行ない、筑紫野署の捜査刑事も発砲事件の経緯を聴取した。

白岩は、筑紫ファームの須藤と中村、博栄商事の西谷の名前を言い、見た事実だけを話した。推測はいっさい口にせず、西勇会の名もださなかった。

三日目の朝、取調室で山崎と対面した。

「はじめに伝えておく」

おだやかな口調だった。

三十代後半とおぼしき山崎は髪を整え、ネクタイもきりりと締めている。訛りはまったくないので、警察庁から出向しているキャリアと推察できた。

「西谷の妻と二人の息子は無事に保護した」

白岩は眼で礼を言った。

木村との関係を問われるのを嫌ったのだが、山崎はそのことにふれなかった。山崎にしても似た懸念があるのだろう。

山崎が言葉をたした。

「どうしてすべてを話さないのだ」

「洗いざらい喋った」

「西勇会の名を口にしなかったそうだが」

「そんな連中とは顔を合わしてへん」

「筑紫ファームの中村さんは、西谷が西勇会の者だと話したと供述している」

「忘れた。覚えてるとしても、確認したわけやない」

「殺されかけても……」

「待たんかい」

白岩は乱暴にさえぎった。

「極道者を相手につまらん質問はするな」

「それもそうだな」

山崎が眼元に笑みをうかべた。

白岩は頬を弛めた。

「予備知識があるようやな」

「いまどきめずらしい、化石のような男と聞いた」

優信調査事務所の木村にか。

そう訊くのは信義に反する。

「ふん。ところで、西谷はどうなった」

「入院中だ。顎に皹が入り、肋骨が二本折れている。それでも、あなたに殴られたとは言わない。西勇会組員が発砲行為に至った経緯も、妻と子へのドメスティックバイオレンスについても話していないが、身柄を所轄署に移してじっくり取り調べればオチると担当者は高を括っているようだ」

「呑気やのう」

「あなたには都合がいいだろう」

「そっちもな」

福岡県警は筑紫ファームの事案を簡潔に済ませたいはずである。

西勇会専従班の捜査主任と西勇会幹部の癒着があかるみにでれば、マスコミが騒ぎ、福岡県民の非難を浴びる。

「あなたを道路交通法違反で略式起訴する。あと三十分もすれば釈放になる」

「世話になった」

「わたしに言ったのか」

山崎が眼をまるくした。

「そうや」

「礼は受けとる。だが、もう福岡には近づくな」

「そうもいかん。まだやることがある」

山崎が眉をひそめた。

「仕返しをする気なのか」

「そんなひまはない」

「そうか」

山崎が表情を戻した。戻しすぎて笑顔になった。

「あの人か」

「その人よ」

「あなたとおなじというわけにはいかないが、情状酌量の余地はある」

白岩は感謝をこめて頭をさげた。


顎の白髭が貧相に見える。

いつもは自信に満ちた細面に幾筋もの翳がある。

それでも眼は生きている。

窮地に追い込まれてもなお相手を見据えられるのは、足掛け九年、一成会の事務局長に居座り続けてきた意地だろう。

白岩は、扉の脇に置いた椅子に腰をかけ、二人の横顔を見ている。

一成会本部の応接室に入って三分が過ぎた。

門野と浅井が無言で対峙し、睨み合っている。

浅井はまばたきしない。息をしている気配を感じない。

懐に己の親の胆をかかえている。

白岩はそう感じた。

そうでなければ、たとえ怒り心頭に発していようとも、伯父貴格にあたる男を、ましてや本家の幹部を、咬み殺さんばかりの形相で睨めるわけがない。

門野がふっと息をぬき、白岩に視線をむけた。

「おまえは助っ人か」

「立会人や」

白岩は静かに応えた。

己の感情は置いてきた。

――話がある。三時に本部で待ってる――

有無を言わせぬ口調で告げ、返事を聞かずに電話を切った。

浅井の立ち姿がそうさせた。


福岡県警本部の正面玄関に、浅井が黒のダブルのスーツ姿で待っていた。

「申し訳ありませんでした」

浅井が深々と腰を折った。

「おまえには関係ないことや」

「いえ。事の発端は自分の思慮浅い行動です」

「親のために、あたりまえのことをしただけやないか」

「親子の話は別です」

浅井がきっぱり言った。

白岩は殺気を感じた。

浅井の次なる行動が映像になってうかんだ。

白岩は腕時計を見た。

午前十時を過ぎていた。

その場で門野に電話したあと、浅井に声をかけた。

「わいが立ち会う。異存はないな」

「はい」

「新幹線でええか」

「ご配慮に感謝します」

ふたたび頭をさげたとき、浅井の左手が脇腹にふれた。

白岩は見ぬふりをした。

門野が視線を戻した。

「おまえはどうや。清水組長の代理か、己の一存か」

「あなた次第で、どちらでも」

浅井が低い声で応えた。

「どういう意味だ」

「伯父貴のあなたに面と向かう覚悟は持ってきました」

「なまいきな。十年早いわ」

門野が顎をしゃくった。

「白岩がいなければここに来れんかったんやないのか」

「でなおしましょうか」

「なにっ」

「あらためてご挨拶に伺ってもかまいません」

「いらん。用件を言え」

「清水を訪ねたあなたの本意を聞かせてください」

「ねぼけてるのか。病気見舞いに決まってる。それも、六代目の名代や」

「自分がお訊ねしているのは福岡の顔つなぎの件です」

「俺の個人的な頼みだと、清水さんには言うてある」

「他意はないのですね」

門野が眉根を寄せた。
浅井の腹が読めないのだろう。
白岩には、門野の胸中が透けて見えた。
過日の門野は、京味の博多進出を利用して西勇会への接近を図ったと認めた。
六代目の意思をにおわせ、縁組は詰めの段階にあるとまで言い切った。
あれはうそで、六代目の意思をにおわせたのも謀略を悟らせないためだった。
五億か。
胸のうちでつぶやいた。
──安かね──
理恵の声がよみがえり、苦笑がもれそうになった。
浅井の身体が前かがみになった。
「きのうの深夜、京味の三和を攫いました」
「なんやて」
門野の眉間の皺が深くなった。
白岩もおどろいた。
浅井が続ける。

「あなたは、商談のさいに自分の名をだせ、と命じたそうですね」

「ばかな」

「それ以前に、京味の博多進出をささやかれていたとも……」

「酒のうえの話や」

「西勇会の滝本若頭の側近の話では、あなたと滝本は、あなたが清水を見舞いに来られる前から連絡をとり合っていたと……それがほんとうなら、あなたは清水をあざむき、なにかの目的のために利用したことになる」

門野が渋面をつくり、押し黙った。

必死で思考を働かせている。

白岩にはそう見えた。

同時に、浅井は筋目にだけこだわっていると感じた。

しばしの沈黙のあと、門野が口をひらいた。

「後日、ご挨拶に伺うと、清水さんに伝えてくれ」

「詫びを入れられる。そう受けとってよろしいのですね」

「かまわん」

言うなり、門野が腰をあげた。

浅井が視線をふった。

白岩はちいさくうなずいた。

門野が去ると、浅井が近づいてきた。

「申し訳ありません」

「なんで謝る」

「自分の器がちいさいことを痛感しました」

「わいを気にしてるのなら、いらんことや」

「しかし、事務局長があなたを狙ったのは事実だと思います」

「そうとしても関係ない。清水さんを利用できんでも、わいは狙われた。門野が策を弄しすぎたおかげで助かったかもしれん」

「どうされるのですか」

「いずれケリをつけるときがくる」

「それではあなたの面子が……」

浅井が意外そうな、不満そうな顔をした。

「たかが五億の面子で花房組は動かせん。それも門野相手では花房組の看板が泣く」

浅井がうなずいた。

「ですぎたことを言って、すみませんでした」

「男がなんべんも謝るな。それより、渡せ」

「えっ」

「門野がおまえの懐を気にしてた。警察の世話になるかもしれん」

「そんな……事務局長も一成会の幹部です」

「幹部やが、極道者やない」

白岩は手のひらをひろげた。

清水の面子を護る回転式拳銃はずしりと重かった。


浅井を新大阪駅まで見送り、自宅に帰った。

道後一家の清水組長があしたに退院すると聞いては引き止められなかった。

極道者に一も二もない。

盃を交わした親がすべてである。

それなのに、白岩は、親の大事を目前に控えて、我を通した。

中洲の理恵の機転がなければどうなっていたか。

そう思えば背筋が寒くなる。

しかし、後悔も反省もない。
花房への忠義が身体の真ん中に在る。
己の信条を曲げて忠義を尽くしても、花房はよろこばないだろう。
浅井と理恵には迷惑をかけた。身内には心配をかけた。
その思いはあるけれど、それも縁と割り切る己がいる。
ベランダにでた。
太陽は西にある。
空は青白く、ネオンを灯さない堂島川が黒墨のように見える。
白岩は、右手に携帯電話を持った。
《どこなの》
好子の声には堰を切ったような勢いがあった。
「部屋におる」
《帰ったのね》
「さっきな」
《………》
「ええ薔薇が入ってた」

《お店に行ったの》

「ああ」

帰宅する途中で北新地のはずれにある花屋へ寄った。

左手には一本の赤い薔薇がある。

「おまえのセーターを思いだした」

《うちよりセーターが先なん》

語尾がはねた。

「おまえはええ」

《どういいの》

「切るで」

花を見つめた。

おまえはわいの胸におるさかい、ええのや。

そんなことは死ぬまで言えないだろう。

この作品は書き下ろしです。原稿枚数473枚（400字詰め）。
登場人物、団体名など、全て架空のものです。

幻冬舎文庫

●最新刊
トリプルA
小説 格付会社（上）（下）
黒木 亮

「格付」の評価を巡り、格付会社と金融機関との間に軋轢が生じ始めていたバブル期の日本。若き銀行マン・乾慎介らの生きざまを通して、格付会社の興亡を迫真の筆致で描く国際経済小説！

●最新刊
小林賢太郎戯曲集
STUDY ƎƆILA TEXT
小林賢太郎

未知なる「笑い」の世界に誘う大人気コンビ「ラーメンズ」第四戯曲集。舞台を観るだけでなく、読めば新しい発見があり、さらに楽しめるラーメンズの魅惑の世界。

●最新刊
走れ！ T校バスケット部5
松崎 洋

教師になった陽一は、登校拒否をしているバスケ少女、真理と出会い、顧問となった女子バスケ部をまとめようとするが……。T校メンバーの変わらぬ友情と成長を描く青春小説シリーズ、第五弾。

●最新刊
成功の法則92ヶ条
三木谷浩史

成功するかしないかは、運や偶然で決まるわけではない。成功には法則がある——楽天グループを築き、数多くのビジネス集団を率いる著者が、成功哲学を惜しげもなく公開する人生の指南書！

●最新刊
往復書簡
湊かなえ

手紙だからつける嘘。手紙だから許せる罪。手紙だからできる告白。過去の残酷な事件の真相が、手紙のやりとりで明かされる。衝撃の結末と温かい感動が待つ、書簡形式の連作ミステリ。

幻冬舎文庫

●好評既刊
さよならの週末
井伏洋介

帝都証券に勤める松尾周二は、突然解雇を告げられ……。夢も仕事も恋も中途半端、変わらない今日が明日へ続くと信じていた。懸命に道を切り開く仲間たちの姿を描く、切なくて優しい青春小説。

●好評既刊
神の手(上)(下)
久坂部　羊

末期がん患者の激痛を取り除くため外科医・白川は安楽死を選んだ。が、そこから安楽死法制定とその背後に蠢く政官財の陰謀に呑み込まれていく……。すぐそこにある現実を描いた傑作長編小説。

●好評既刊
外事警察
麻生　幾

日本国内で国際テロに対抗する極秘組織・外事警察。彼らの行動はすべて厳しく秘匿され、決して姿を公に晒さない。熱気をはらんで展開する非情な世界を描き切った傑作警察サスペンス小説！

●好評既刊
たった3日で運がよくなる
玄関風水
内川あ也

玄関は「好運の神様」の通り道。きれいに見えても、掃除をしていない玄関には邪気や悪運が張り付いている。そこで毎朝、運気の入り口となる扉の乾拭きを。玄関は、明るくきれいに整理整頓！

●好評既刊
世界一周ひとりメシ
イシコ

昔からひとりメシが苦手。なのに、ひとりで世界一周の旅に出てしまった。不健康なインドのバー、握り寿司がおかずのスペインの和食屋、マレーシアの笑わない薬膳鍋屋……。孤独のグルメ紀行。

若頭補佐《わかがしらほさ》 白岩光義《しらいわみつよし》 南《みなみ》へ

浜田文人《はまだふみひと》

平成24年8月5日　初版発行
令和2年6月25日　2版発行

発行人——石原正康
編集人——永島賞二
発行所——株式会社幻冬舎
〒151-0051東京都渋谷区千駄ヶ谷4-9-7
電話　03(5411)6222(営業)
　　　03(5411)6211(編集)
　　振替00120-8-767643
印刷・製本—中央精版印刷株式会社
装丁者——高橋雅之

幻冬舎文庫

ISBN978-4-344-41903-2　C0193　は-18-7

幻冬舎ホームページアドレス　https://www.gentosha.co.jp/
この本に関するご意見・ご感想をメールでお寄せいただく場合は、
comment@gentosha.co.jpまで。